KB055527

희곡

서유기

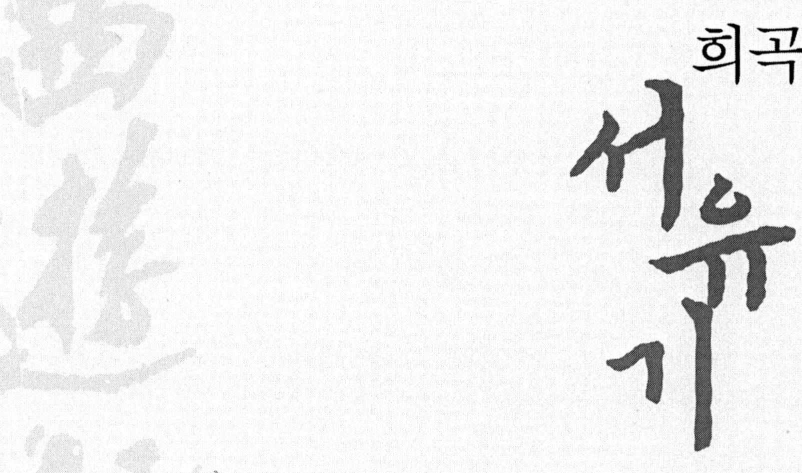

희곡 서유기

양경현 지음
이정재 옮김

學古房

楊東來先生批評西游記卷之一

元　吳昌齡　撰

湛露羌蕒一葉新　寶筵祥靄麗仙宸

三元同降天王節　萬國均瞻化日春

第一齣　之官逢盜

(觀世音上云)旃檀紫竹隔凡塵七寶浮屠五色新佛號自稱觀自在尋聲普救世間人老僧南海普陀洛伽山七珍八寶寺紫竹旃檀林居住西天我佛如來座下上足徒弟得眞如正偏知覺自佛人涅槃後我等皆成正果涅槃者乃無生無死之地見今西天竺有大藏金經五千四十八卷欲傳東土爭奈無箇肉身幻軀的眞人闡揚如今諸佛議論着西天毘盧伽尊者托化於中國海州弘農縣陳光蕊家爲子長大出家爲僧往西天取經闡敎爭奈陳光蕊有十八年水災老僧已傳法旨於沿海龍王隨所守護自有箇保他的道理不因三藏西天去那得金經東土來陳

批評西遊記　卷一　一

명 만력 연간(1573~1620) 간행 목판본 『양동래선생비평서유기』 제1권 제1척의 첫 장

楊東來先生批評西游記卷之一

元 吳昌齡 撰

湛露堯蓂一葉新 寶筵祥靄麗仙宸
三元同降天王節 萬國均瞻化日春

第一齣 之官逢盜

(觀世音上云)旃檀紫竹隔凡塵七寶淨居五色新佛號自稱觀自在尋聲普救世間人老僧南海普陀洛伽山七珍八寶寺紫竹旃檀林居住西天我佛如來座下上足徒弟得眞如正徧知覺自佛入涅槃後我等皆成正果涅槃者乃無生無死之地見今西天竺有大藏金經五千四十八卷欲傳東土爭奈無箇肉身幻軀的眞人闡揚如今諸佛議論着西天毘盧伽尊者托化於中國海州弘農縣陳光蕊家爲子長大出家爲僧往西天取經闡教爭奈陳光蕊有十八年水災老僧已傳法旨於沿海龍王隨所守護自有箇保他的道理不因三藏西天去那得金經東土來(陳光蕊引夫人上云)幾年積學老明經一舉高標上甲名金牒兩朝分鐵劵玉壺千尺

1928년 일본 간행 활자본『양동래선생비평서유기』제1권 제1척의 첫 장이 책은 원 말엽에서 명 초기에 걸쳐 활동한 극작가 양경현楊景賢이 지은 잡극雜劇 『서유기西遊記』를 완역한 것이다. 이 극은 모두 6권 24척齣으로 이루어져 있고, 그 내용은 당나라 삼장법사가 손오공, 저팔계, 사오정 등의 제자들을 데리고 온갖 역경을 딛고 서천西天에 가서 불경을 구해온다는 것으로, 명나라 때 나온 유명한 소설 『서유기』의 직접적인 조상뻘이 되는 작품이다. 이 이야기는 당나라 때 삼장법사 즉 현장玄奘이 실제로 목숨을 걸고 천축天竺에 가서 불경을 가져온 역사적 사실에서 시작되고, 현장 자신이 남긴 여행 기록인 『대당서역기大唐西域記』와 그의 제자 혜립慧立이 쓴 현장의 전기 『대당대자은사삼장법사전大唐大慈恩寺三藏法師傳』을 통해 기록으로 남겨졌으며, 송나라 무렵에 나온 통속 독본인 『대당삼장취경시화大唐三藏取經詩話』에서 손오공의 원형을 비롯한 허구적 인물들이 덧붙여지면서 점차 풍부해졌으나, 잡극 『서유기』에 와서 비로소 이야기의 구조와 주요 내용이 확립되고 그 이후 이를 바탕으로 한 소설 『서유기』가 나오게 되었던 것이다. 따라서 많은 학자들은 이 잡극 『서유기』가 삼장 일행의 '서천취경西天取經' 이야기의 발전 과정에서 매우 중요한 위치에 있는 작품으로 높이 평가한다.

이 작품의 원본은 중국에서는 전해지지 않다가 1925년 일본 궁내청宮內廳의 도서실에서 우연히 발견되어 그 존재가 알려졌고, 1928년에 일본 학자 시오노야 온鹽谷溫이 도쿄의 코분샤康文社에서 활자본으로 인쇄하여 간행한 현대 판본이 중국에까지 전해지면서 비로소 소설 『서유기』보다 수백 년 앞서 지어진 희곡 작품이 있다는 것이 널리 알려지게 되었다. 일본에 소장되어 있는 유일본 잡극 『서유기』는 명나라 후기인 만력萬曆 42년(1614)에 간행되었다고 표시되어 있는 목판본으로, 여기에는 『양동래선생비평서유기楊東來先生批評西遊記』라는 제목이 붙어 있다. 이 작품은 오랫동안 활자본만이 통행되면서 목판본의 본래 모습을 보기 어려웠으나 최근 영인 출간되어 그동안 궁금했던 이 작품의 진면목을 알 수 있게 되었다.

이 작품의 작자는 목판본에는 원나라 사람 오창령吳昌齡으로 되어있으나 1939년에 쑨카이디孫楷第가 작자를 양경현이라고 고증한 이후 많은 사람들이 그의 학설을 따르고 있다. 논의의 여지가 더 있겠으나 본서에서도 일단 작자를 양경현으로 보고자 한다. 양경현의 이름은 섬暹 또는 눌訥이고, 경현은 그의 자이다. 경언景言이라는 자도 있고, 호는 여재汝齋이다. 정확한 생졸 연대는 알 수 없으나 대체로 원나라 말엽에서 명나라 초기에 살았던 사람으로 추정된다. 그는 본래 몽골족이었는데, 진무鎭撫 벼슬을 하던 그의 자형이 양 씨여서 그도 양 씨로 불렸다고 한다. 그의 부친 때 이미 전당錢塘(지금의 저장성 항저우杭州)으로 옮겨와 살았으므로 그도 전당 사람으로 알려졌다. 명나라 초에 편찬된 당시 극작가들 소개 책자인 『녹귀부속편錄鬼簿續篇』의 저자(산동山東 출신 극작가인 가중명賈仲明일 가능성이 높음)와 50여 년 동안 가까운 친구로 지냈고, 다른 극작가들과 함께 훗날 황제(영락제永樂帝)가 된 주체朱棣(1360~1424)의 총애를 받기도 했다. 뒤에 명나라 초에 도성이었던 금릉金陵(지금의 난징南京)에서 세상을 떠났다. 그는 잡극을 20편이나 썼지만 지금은 『서유기』, 『유행수劉行首』 두 작품만 전해진다. 한편 목판본의 제목에 나오는 ‘비평자’인 양동래가 누구인지는 불분명하다. 다만 이 작품이 출판된 만력 연간에는 ‘이탁오李卓吾 선생 비평’처럼 당시 저명한 문인이 작품에 간략한 ‘비평’을 첨부한 문학 작품이 큰 인기를 끌었는데, 이러한 풍조 속에서 활동한 인물로 추측되지만 도서 판매의 흥행을 위해 내세운 가공의 인물일 가능성도 있다.

잡극은 원나라 때 크게 성행하기 시작했고 명나라에 들어와서도 많은 작품들이 지어진 희곡 장르이다. 대부분의 잡극은 4개의 막, 즉 4절折로 이루어져 있고, 필요에 따라 서막 또는 막간극 역할을 하는 설자楔子가 추가되어 있는 경우도 있다. 그러나 잡극 『서유기』는 24척으로, 원나라 극작가 왕실보王實甫가 지은 20절 길이의 『서상기西廂記』와 함께 예외적인 장편이고, 더욱이 잡극 가운데에서는 가장 편폭이 긴 작품이다. 따라서 잡극 『서유기』는 유일 판본이라는 점뿐 아니라 극의 내용, 긴 편폭, 그리고 ‘서천취경’ 이야기에서의 위상 등의 여러 측면에서 모두 희소성과 가치가 매우 높은 작품이 아닐 수 없다. 이러한 점에 관심을 갖고 틈틈이 번역 작업을 진행하고 함께 공부하는 희곡 독회 팀과 함께 읽어왔는데, 아직 미흡한 점이 있지만 이제 출간하게 되어 매우 기쁘다. 소설 『서유기』의 선행 작품으로서의 잡극 『서유기』에 대한 궁금증이 오랫동안 있어온 만큼, 본 역서의 출간으로 국내에서 삼장법사의 ‘서천취경’ 이야기에 대해 새로운 논의의 계기가 만들어지기를 소원해본다.

본서의 번역은 황스중黃仕忠, 김문경金文京, 마야나기 마코토眞柳誠 등이 주편主編한 『일본소장희견중국희곡문헌총간日本所藏稀見中國戲曲文獻叢刊(제2집)』 제23책에 영인 수록된 명 만력 연간 목판본을 저본으로 하였고, 『고본희곡총간古本戲曲叢刊』 초집初集에 영인 수록된 일본 코분샤 간행 활자본, 천쥔陳均이 평주評注한 『서유기잡극평주본西遊記

雜劇評注本』, 쉬정徐征, 장웨중張月中, 장성제張聖潔, 시하이奚海 등이 주편한 『전원곡全元曲』 제7권 수록본, 왕지쓰王季思가 주편한 『전원희곡全元戲曲』 제3권 수록본 등을 참고하였다. 또한 내용 이해의 도움을 위해 영인본의 삽화를 그대로 실었다. 다만 165칙則의 양동래 비평문은 이번에는 번역에서 제외하였다. 추후 보완할 수 있기를 기대한다.

끝으로 1년 가까이 이 작품을 함께 읽어주신 중국희곡 독회팀과 자료 수집에 도움을 준 자하오賈皓, 허신何鑫, 쑤완칭蘇婉菁 동학에게 감사드리고, 특히 출판 상황이 어려운 가운데에서도 본서를 출간해 주신 학고방 하운근 사장님께 깊이 감사드린다.

2023년 5월

옮긴이

목차

제3권

제4권

제5권

제6권

서유기 소인小引

곡曲이 오랑캐 원나라 때 성한 것은 분명하다. 『서상기西廂記』 말고 장투長套[1]를 갖춘 것은 극히 드물었는데, 뒤에 이 책을 얻으니 그것과 비길 만했다. 아! 돈이 많아야 장사를 잘하고 소매가 길어야 춤을 잘 추는 것이거늘, 원나라 사람의 뛰어난 글솜씨가 아니고서야 어찌 이같은 경지에 이를 수 있겠는가! 특별히 소중하게 간직하여 가끔씩 스스로 즐겼다. 일찍이 이 책을 지니고 금대金臺[2]에 갔다가 어쩌다 친구가 가져갔는데 얼마 지나지 않아 그 친구가 죽고 말아 두루 찾았지만 결국 찾지 못했다. 검이 장화張華를 떠난 것처럼, 거울이 왕도王度를 떠난 것처럼 오래도록 애석하게 여겼고,[3] 집에 돌아와서도 잊지 못했다. 그런데 어느 날 어느 고가故家의 낡은 대나무 상자 속에서 다시 그 책을 얻었는데, 손에 들었을 때의 기쁨이란 가히 알만할 것이다. 그러나

1) 套는 본래 희곡의 한 折을 이루는 여러 曲의 집합을 가리키는 말이다. 원 잡극은 대부분 한 작품이 1本으로 되어 있고, 1本은 네 개의 단락 즉 4折로 이루어져 있다. 따라서 曲을 기준으로 할 때 1本은 4개의 套로 이루어져 있다. 그러나 『서상기』는 5本, 『서유기』는 6권으로 이루어져 있어서 잡극으로서는 예외적인 장편이다. 여기에서 長套라고 한 것은 이러한 장편 작품을 가리킨다.

2) 오늘날의 北京으로, 명나라 때의 都城이다.

3) 張華는 西晉 때 사람으로, 일찍이 太阿劍을 얻었으나 죽임을 당한 뒤에 그 검의 행방을 알 수 없게 되었다고 한다. 『晉書』 「張華傳」에 나온다. 또 王度는 隋唐 때 사람으로, 옛 거울을 얻었다가 잃어버렸다는 「古鏡記」라는 글을 남겼다.

서질書帙이 흩어져 어지럽고 글자도 뭉개지고 없어진 것이 많아 고심을 다해 교수校讎하며 한 해를 보내면서 궁상宮商과 종려鐘呂를 맞추고[4] 음도陰陶와 제호帝虎의 잘못을 솎아내었다.[5] 다만 하늘의 기이한 글을 끝내 베갯속에 비장秘藏함이 옳지 않아 이에 계획을 세워 상재上梓하게 되었으니, 공을 날리고 술잔을 주고받을 때 풍악을 위해 일조할 수 있기만을 바랄 따름이다. 하지만 어찌 감히 음률에 정통했던 주랑周郎이나 북소리를 잘 알았던 왕응王應만큼 되기를 바라리요![6]

만력萬曆 갑인년甲寅年(1614)[7] 초가을 보름날 미가제자彌伽弟子[8]가 자지실紫芝室에서 적다.

---

4) 宮商과 鐘呂는 모두 음계를 나타내는 말이다. 여기에서는 음률을 따졌다는 말이다.

5) 陰과 陶, 帝와 虎는 각각 모양이 비슷하여 혼동하기 쉬운 글자이다. 따라서 모양이 비슷하여 잘못 새기거나 베낀 글자 또는 그러한 문자가 들어간 책을 말한다.

6) 周郎은 삼국시대 오나라의 명장 周瑜를 가리킨다. 王應은 東晉 때 대장군을 지낸 王敦의 조카로 북소리를 잘 분별했다고 한다. 王應의 이야기는 南朝 宋 劉義慶의 『世說新語』「豪爽」에 나온다.

7) 원본에서 甲寅은 목판을 파내고 補刻한 흔적이 보인다. 따라서 실제 이 글이 씌어진 것은 갑인년이 아닐 가능성이 있다. 이 책의 유래와 시기를 추정할 수 있는 중요한 단서 중 하나이다.

8) 누구의 別號인지 알 수 없다.

양동래 선생 비평 서유기 총론

일一. 『태화정음보太和正音譜』[1]에 원나라 사람들이 지은 사詞의 목록이 자세하게 실려 있는데, 오창령吳昌齡은 「동파몽東坡夢」, 「신구월辰鉤月」 등 17본이 있고 「서유기」도 그 중의 하나이다. 그러나 필사된 비본祕本만 보이고 목판에 새겨 널리 성행하지는 않았다.

일一. 함허자涵虛子[2]는 원나라 때 사 작가 187명을 적었는데, 마동리馬東籬와 장소산張小山 등 12명을 가장 높이 꼽았고 관산재貫酸齋, 등옥빈鄧玉賓 등 70명이 그 다음이었다. 이들에게는 모두 평어를 달아서 분명하게 평했는데, 창령의 사는 '뜰의 풀이 얽혀서 푸른 듯하다(庭草交翠)'고 말했다. 동해원董解元, 조자앙趙子昂, 노소재盧疏齋, 선우백기鮮于伯機, 풍해속馮海粟, 반언공班彥功, 왕원정王元鼎, 동군서董君瑞, 사덕경査德卿, 요목암姚牧菴, 고칙성高則成, 사경선史敬先, 시군미施君美, 왕택민汪澤民 등 모두 5백 명[3]에 대해서는 평어를 달지 않았으니 이들은 한 등급 아래였다. 우도원虞道園, 장백우張伯雨, 양철애楊鐵厓 등은 언급조차 되지 않았으니 그 취하고 버림이 가히 엄격했다고 하겠다! 그런데 창령이 이렇게 높이 평가된 것은 사가詞家가 양협兩挾을 끼고 있음이 뛰어나서가 아니겠는가![4]

1) 명나라 태조 朱元璋의 열일곱째 아들인 朱權이 지은 책이다.

2) 朱權의 호이다.

3) 105명의 잘못이다.

일一. 창령은 일찍이 『서상기』를 짓고자 했지만 왕실보王實甫가 먼저 완성했다. 창령은 그것을 보고 더 잘 지을 수 없다고 생각하여 결국 이 작품을 지어 대적했다. 그윽하고 아름다우며 광대하고 기괴하며, 넉넉하고 넓으며 현묘하고 뜻깊어, 진실로 우물 안 개구리가 헤아려 살필 수 있는 바가 아니니, 『서상기』와 형제지간이라고 말할 만하다.

일一. 『서상기』는 풍정風情이 있는 가화佳話이다. [이에 비해] 이 작품은 천天, 인人, 신神, 불佛, 요妖, 괴鬼를 모두 내세워 도도하고도 성대하게 대작을 이루었다. 비절悲切한 곳, 격렬한 곳, 대범한 곳, 통쾌한 곳, 마음에 꼭 맞는 곳, 경이로운 곳, 아득한 곳, 포복절도하는 곳이 다 있고, 빈백賓白은 격조가 높고 조리가 맞아 어색한 곳이 없고, 판안板眼과 무두務頭와 투수套數와 출몰出沒이 모두 당항當行에 속한다.5)

일一. 북곡北曲에서는 『서상기』만 20절이고 나머지는 모두 4절이어서 사실이 지극히 냉담하고 구성이 지극히 소루疏漏한데, 이 작품만은 24절로 재정才情이 풍부하여 노래하기에 무척 좋다. 세속의 배우들이 연기한 『서유기』를 본 적이 있는데 이 작품과는 크게 달라 비루하고 외설적이어서 웃음만 나왔다. 이 작품이 나와서 도화선桃花扇 아래에 크고 화려한 볼거리가 더해졌으니, 세속 배우들이 부끄러움을 씻을 수 있으리라!

일一. 작품에 작은 하자가 없지 않지만, 옥기玉器의 얼룩이나 구슬의 흠이 어찌 조승照乘과 연성連城을 손상하겠는가.6) 이를테면 이러한 것

---

4) 여기에서의 詞家는 吳昌齡을 가리킨다. 또 兩挾은 음률과 문장의 두 가지 재능을 말한다.

5) 賓白은 노래가 아닌 대사를 말한다. 板眼은 박자를 말하는데, 板은 강한 박자, 眼은 약한 박자이다. 務頭는 절창에 속하는 부분이다. 出沒은 등장과 퇴장을 말하는 듯하다. 當行은 연출에 편리하도록 숙련된 것을 뜻한다.

들이다.

- 포의布衣 처지였다가 홍주洪州 가는 길에 나섰는데, 보병들의 주방에 기거하는 것만 못하다니요. (제1척)
- 흰 비단 한 자락을 펴 놓고, 두 줄로 붉은 글씨를 써서, 만 경 맑은 물결에 다가서네. (제2척)
- 이 강물 따라 동쪽으로 흘러가니, 상류를 떠나 내려가서, 아래쪽 닿는 곳이 있기를 바란다네. (제2척)
- 낡은 비단은 먼지 쌓여 흐려지고, 옛 핏자국은 누렇게 변했구나. 정말이지 이야기할 때마다 새롭구나, 나의 열여덟 해의 눈물이 제값을 받는구나. (제3척)
- 우리 아이는 경전으로 큰 일을 이룰 수 있었는데, 진광예, 당신은 어찌 글로 입신할 수 있다고 말씀하셨나요? (제3척)
- 내가 입으로 말을 하지 않아도, 당신 스스로 마음 속의 일을 생각해 보시오. (제4척)
- 영웅을 억지로 거사居士라고 부르신다네. (제5척)
- 새벽에 와서 산에 올라 바라보니, 눈앞에 경치가 두루 다가오네. 석굴 안에 구름이 일어나니 맑은 이슬이 차갑고, 버들가지에 한기가 드니 가을 기운이 높구나. 고국으로 가는 길은 멀기만 하여, 애한哀恨이 눈썹 끝을 누르는구나. (제9척)
- 한나라 명제明帝 때 부처님이 처음 중국에 오셨는데, 당 태종 때 승려가 처음 외이外夷로 들어갔네. (제10척)

6) 照乘은 수레가 가는 길을 비추어준다는 구슬이고, 連城은 和氏의 璧을 가리킨다. 모두 훌륭한 보물을 가리킨다.

- 당신이 서천에 가서 불경을 가져오고자 한다면, 먼저 이 동토東土를 떠나 잡념을 잊으시게. (제10척)
- 오로지 석가의 위력에 의지한다고 말하지 말고, 저 관음의 힘을 생각하기만을 바라오. (제10척)
- 족하足下께서 항상 사람을 죽이는 법을 가지고 계셔서, 스님에게 이 호신의 방책을 남겨주신 것이라네. (제10척)
- 귀뚜라미는 가을 소리를 내며 집 모퉁이에서 울고, 기러기는 구름을 끌고 강남으로 날아가네. (제13척)
- 가끔 흘러가는 계곡물 굽어보면, 홀로 야윈 말 타고 가는 연운 잔도連雲棧道보다 험하고, 푸른 소나무 계곡의 학 울음소리는, 비파 소리 속에 임금님 은혜 끊어진 것보다도 구슬프다. (제15척)
- 곁에는 여러 사람들이 있고, 눈앞에는 무수한 산들이 있네. (제15척)
- 그림 한 폭을 보아도 마음이 두근대고, 흙으로 빚은 상을 보아도 마음이 상한다네. (제17척)
- 살진 양을 잡고, 온갖 맛있는 음식 마련하여, 저 채소 만두 먹는 남자와 함께, 배를 채우리라. (제17척)
- 계곡을 흐르는 봄날의 물을 마주하고, 반 무 넓이의 한가로운 구름 위에 누워있네. (제21척)
- 발꿈치로 사람 빠뜨리는 구덩이에서 뛰어나오고, 손끝으로 사람을 미혹시키는 진형陣形을 가리켜 깨뜨리지. (제21척)
- 그는 편작扁鵲도 찾아가서는 안 되었을 것인데, 어찌 원숭이에게 물어보려고 하겠는가? 너는 눈에 보이게는 삼십 년 동안 고쳤다지만, 눈에 안 보이게 한 성의 사람들의 목숨을 빼앗았지. (제21척)
- 옛날에는 황금을 버려 땅에 깔았고, 오늘은 흰 사슴을 거꾸로 타고서 하늘을 향하는구나. 비록 현세의 수양이기는 하나, 숙세夙世의

좋은 인연이 필요한 것. 그가 불경을 가지러 십만 리 온 것만큼 멀지는 않지만. (제22척)

구절마다 모두 깊은 뜻을 드러내고 아름다움을 펼쳤으니 다른 전기傳奇가 비길 수 없다.

일一. 엄주弇州[7]는 「예원치언藝苑巵言」에서 사가詞家들을 평론하였는데, 어떤 것은 가어佳語를 따내고 어떤 것은 명목名目을 드러내었으니 상세하고 풍부하다고 하겠다. 여기에서 창령에 대해서는 「동파몽」과 「신구월」만 거론하여 칭찬하고 이 작품은 언급하지 않았는데, 이는 어째서인가? 엄주는 서적을 널리 읽어 크고 작은 것을 빠뜨림이 없었는데 어찌하여 이 작품은 보지 못했다는 것인가? 이 일은 중랑中郎의 장서를 모으고 급총汲冢의 훌륭한 책을 찾아서 이루어진 것이니,[8] 엄주가 살아있다면 손뼉을 쳤을 것이다.

구오句吳[9]의 온공거사蘊空居士[10]가 주합재宙合齋에서 쓰다.

---

7) 명대 문학가 王世貞(1526~1590)의 호이다.

8) 中郎의 장서는 희귀한 책을 가리킨다. 中郎은 東漢의 문장가인 蔡中郎 곧 蔡邕을 말한다. 또 汲冢은 河南에 있는 汲郡의 묘라는 뜻이고, 汲冢書를 말한다. 汲冢書는 晉나라 때 魏나라 왕의 무덤에서 출토된 先秦 시대의 竹書이다. 여기에서는 희귀한 책을 뒤져서 『서유기』를 찾아내었다는 뜻이다.

9) 옛 오나라 지역을 말한다.

10) 太田辰夫(오오타 다츠오)는 楊東來와 동일인일 가능성과 소설 『封神演義』의 작자로 추정되는 인물 중 한 사람인 陸西星(1520~1601?)의 호일 가능성을 제시했다. 太田辰夫, 『西遊記の研究』, p.121. 다만 陸西星은 福建 興化縣 출신이고 그가 지은 『楞嚴經述旨』에서는 자신을 淮海 사람으로 표기하고 있어서 본문의 句吳와는 거리가 있다. 분명한 것은 이 총론은 왕세정이 세상을 떠난 1590년 이후에 씌어졌다는 것이다.

양동래 선생
비평 서유기

제1권

이슬 머금은 요명蕘蓂 잎새가 새로 돋아나고,*
연회의 상서로운 안개가 신선 궁궐에 자욱하네.
삼원三元이 함께 내려오는 천왕天王의 절기에,**
만국 백성들이 모두 햇빛 가득한 봄 하늘을 바라보네.

---

* 蕘蓂은 요임금 때 조정의 섬돌에 자랐다는 瑞草로, 매월 초하루부터 보름까지 한 잎씩 났다가 16일부터 그믐까지 한 잎씩 졌다고 한다. 이슬을 머금었다는 것은 『詩經』에 실린 「湛露」라는 시의 제목에서 빌려온 것이다. 이 시는 임금이 신하들에게 잔치를 베풀어준 모습을 읊고 있고, 이슬은 천자의 은택을, 풀은 신하들을 비유한다. 여기에서는 신선 궁궐의 상서로운 모습을 나타내는 뜻으로 쓰이고 있다.

** 三元은 三曜와 같은 뜻으로 해, 달, 별을 가리키고, 天王은 慾界와 色界에 있다는 하늘의 왕을 통칭하는 말이다.

제1척 부임 길에 강도를 만나다

(관세음이 등장하여 말한다)

관세음 단향목檀香木과 자죽림紫竹林이 속세와 떨어져 있고,
칠보七寶의 부도浮屠가 오색으로 새롭도다.
불호佛號를 스스로 관자재觀自在라 칭하노니,
소리를 찾아 세상 사람들을 널리 구원하노라.

노승은 남해 보타낙가산普陀洛迦山 칠진팔보사七珍八寶寺의 자죽전단림紫竹旃檀林에 거처하고 있고, 서천의 석가여래를 모신 상족 제자上足弟子라네. 진여眞如를 얻어 지각知覺을 두루 갖추었고, 여래께서 열반에 드신 뒤 우리도 모두 정과正果를 이루었네. 열반이란 바로 무생무사의 땅이로다. 지금 서천축西天竺에 대장금경大藏金經 오천 사십 팔 권이 있는데, 이를 동토東土로 전하고자 하나, 어찌하랴, 이를 드러내어 밝힐 육신 가진 진인眞人이 없음이니! 이제 제불諸佛들이 의논하여 서천西天의 비로가毘盧伽 존자[1]를 중국 해주海州 홍농현弘農縣에 사는 진광예陳光蕊 집안의 아들로 태어나게 하여 장성한 다음에 출가하여 승려

1) 毗盧遮那佛을 말한다. 佛法을 광명 또는 태양으로 형상화한 부처이다.

가 되어 서천으로 가서 불경을 가져와 가르침을 펼치도록 하였다네. 어이하랴, 진광예가 십팔 년 동안 수재水災를 당하는데, 노승이 이미 연해沿海의 용왕에게 법지法旨를 전하여 그곳을 수호하게 하였으니 그를 보호할 도리가 생기리라.

삼장三藏이 서천으로 가지 않고서,
어찌 금경金經을 동토로 가져올 수 있으랴.

(진광예가 부인을 데리고 등장하여 말한다)

진광예 몇 년 동안 명경明經 공부를 쌓아서,
일거에 높이 뽑혀 갑명甲名에 올랐다네.
두 조대朝代에서 금첩金牒과 철권鐵券을 나누어 주시고,[2]
일천 척尺의 옥호玉壺에는 맑은 찬물이 가득하네.[3]

하관下官은 성이 진陳, 이름이 악蕚, 자는 광예光蕊로, 회음淮陰의 해주 홍농 사람입니다. 처는 은殷 씨로, 대장 은개산殷開山의 딸입니다.[4] 하관은 어려서부터 유업儒業에 힘써 일거에 이름을

2) 金牒과 鐵券은 황제가 공신에게 대대로 특권을 누릴 수 있게 나누어 준 符信이다.

3) 玉壺 또한 황제가 敬老와 表彰의 뜻으로 하사하는 물품이고, 찬물과 함께 모두 고결한 品德을 비유한다.

4) 현장법사의 傳記인 『大唐大慈恩寺三藏法師傳』에 따르면 현장법사의 俗名은 陳褘이고, 부친의 실제 이름은 陳慧이다. 현장법사의 조부 陳康이 周南 즉 지금의 河南省 洛陽市 일대를 식읍으로 받은 뒤에 자손들은 이곳에서 살았다. 본문에서는 진광예가 자신의 출신을 해주 홍농이라고 하고 있는데, 해주는 지금의 江蘇省 連雲港市이고, 홍농현은 지금의 河南省 三門峽市 서쪽 일대에 있었다. 따라서 해주 홍농현이라는 지명은 현장법사의 조상들이 살아온 하남성 일대와 손오공의 최초 본거지인 花果山이라고 생각되는 지금의 강소성 連雲港市의 雲臺山이

이루어 홍주洪州 지부知府[5]를 배수받았습니다. 가족을 이끌고 부임하고자 하였으나, 부인이 회임한 지 여덟 달이 되었으니 이를 어찌하겠습니까. 하지만 부임을 알리는 이가 이미 떠났으니 늦출 수가 없었습니다. 이제 강구江口의 백화점百花店[6]에 왔으니 하루 이틀 머무르면서 적당한 배를 물색하여 홍주로 갈 것입니다. (부인에게 말한다) 부인, 간밤에 내가 황금 잉어를 한 마리 샀는데, 처치하려고 하니 갑자기 두 눈을 껌벅입디다. 물고기가 눈을 껌벅이면 그건 필시 용이라고 들었기에 바로 강에 놓아 주었소.

부인 상공相公 말씀이 옳으십니다. 왕안王安에게 배를 구해오라고 하여 내일 일찍 떠나시지요.

(노래한다)

【선려仙呂 · 상화시賞花時】[7]

물고기를 방생한 이로는 모두 자산子産이 훌륭하다 했고,
범을 쏜 이로는 모두 주처周處가 대단하다 했습니다.[8]

라는 지역적 배경이 혼합된 결과로 여겨진다. 한편 殷開山(?-622)은 실존 인물로 이름이 嶠이고 開山은 그의 字이다. 雍州 鄠縣(지금의 陝西省 戶縣) 사람으로 당나라의 開國功臣이자 武臣이었다. 그러나 현장법사의 실제 모친은 隋나라에서 洛州長史를 지낸 宋欽의 딸이다. 또한 현장법사가 실제로 태어난 곳은 河南省 洛陽市 관할의 偃師市 緱氏鎭의 陳河村이다.

5) 洪州는 대체로 지금의 江西省 南昌市 일대이다. 소설 『서유기』에서는 江州 知府에 배수된 것으로 나오는데, 江州는 지금의 江西省 九江市 일대이다.

6) 소설 『서유기』에서는 萬花店이라고 되어 있다. 江口는 洪州 인근의 강나루일 것이다.

7) 【 】 표시로 묶인 것은 곡조를 나타내는 제목으로 노래 내용과는 관련이 없다.

당신께서 타향에 부임하시면서,

산 물고기를 사서 차마 죽이지 못하셨으니, 오늘의 은혜는 족히 짐승들에게 다다를 것입니다.

백성들 쪽에서는 필시 주장하는 바가 있을 것이지만,
우리 두 사람은 손을 맞잡고 다리를 건너갈 것이라네.

(퇴장한다)
(뱃사람 유홍劉洪이 등장하여 말한다)

유홍 나는 성은 유, 이름은 홍으로, 강에서 강도질만 하면서 살아가지. 그렇지만 나쁜 짓을 한 적은 없다네.

큰길로는 다니지 못하고,
골목으로만 다닌다네.
관부官府를 두려워하여,
나쁜 짓은 안 하지.
문밖에서는 사염私鹽을 팔고,
뒷마당에서는 사장私醬을 거래하지.
작은 장사를 하면서,
나쁜 짓은 안 한다네.

8) 子産은 춘추시대 鄭나라 사람으로 20여 년 동안 재상을 지내면서 어질고 합리적인 정치를 펼쳤고 그가 세상을 떠나자 그 소식을 들은 孔子가 눈물을 흘렸다고 한다. 『孟子』「萬章上」에는 그가 물고기를 선물받고 연못에 방생하게 한 대목이 실려 있다. 또 周處는 晉나라 때 사람으로 본래는 범, 용과 함께 마을의 골칫거리였으나 범과 용을 죽인 뒤에 사람들이 자신을 골칫거리로 여겼음을 깨달아 개과천선하여 훌륭한 인물이 되었다고 한다. 『世說新語』「自新」에 나온다.

배를 저어 장사꾼들을 태워,
강물이 드넓은 곳으로 가서,
재물을 보면 욕심이 생겨나니,
목숨이 강물 속에서 사라져버렸지.
이런 일 몇 번 밖에는,
나쁜 짓은 안 했다네.

점을 쳐보니 재물을 얻을 괘와 좋은 마누라 얻을 괘가 있는데, 이 인연이 어디에 있는지를 모르겠구나. 배에 내려가서 누가 오는지를 살펴보자.

(왕안이 등장하여 말한다)

왕안 상공 부인께서 배를 구해오라고 하셨으니, 내가 잘 찾아보아야겠다. 이곳 강가에 배가 한 척 있구나. 사공은 어디에 있는가?

(유홍이 대답한다)

왕안 우리 상공께서 홍주 지부에 제수되셨는데 부인과 함께 부임하시는 중이네. 보아하니 마땅한 사람인 것 같은데, 갈 생각이 있는가?

유홍 (혼잣말로 말한다) 아이고 하느님, 돈다발이 여기에 있었구나. (왕안에게 말한다) 소인은 이곳 홍주 사람입니다. 여기에서 객상과 나리들만 태우고 있습죠. 소인을 쓰신다면 소인이 거기까지 가서 좋은 공무가 있을 때 제가 열심히 모시겠습니다.

왕안 그럼 함께 가세.

(퇴장한다)
(진광예가 부인과 함께 등장하여 말한다)

진광예 이 주막에서 기다려야겠다. 왕안이 배를 구하러 갔는데 어찌 안 돌아올까?

부인 이번 행차 중에 제가 회임한 지 여덟 달이 되었으니 도중에 고생하게 되지 않을까 걱정입니다.

진광예 부인, 걱정 마시오. 운이 좋은 사람은 하늘이 돕는다고 했소.

부인 여기까지 왔으니 더 이상 어찌할 수 없겠습니다.

(노래한다)

【선려仙呂 · 점강순點絳唇】
고향을 떠나,
이곳에 이르니,
천 리 길입니다.
물이 솟구치고 산이 늘어서 있어서,
부평초 뜬 나루가 보일락말락 합니다.

【혼강룡混江龍】
이곳에는 배는 있되 길은 없으니,
준마도 서호西湖를 알아보지 못합니다.
고향은 어느 쪽일까요?
자욱히 안개가 끼었네요.
비단 돛 한 조각이 구름 밖으로 사라지고,
천 겹의 수려한 고개가 저 멀리 펼쳐집니다.
강물 소리 사납고,
바람 거세게 불어오니,

천고의 영웅들의 노기怒氣를 품은 듯합니다.
이 산은 백발 노인되는 것을 몇 번이나 보았고,
이 강물은 황도皇都를 몇 번이나 바꾸었던가요.

진광예 술을 가져오시오.

부인 행차 도중이니 많이 드시지 마세요.

진광예 세상의 만사는 술로만 풀어낼 수 있소.

(부인이 노래한다)

부인 **【유호로油葫蘆】**
만사는 술로 풀어버리는 것이 으뜸이라고 하시지만,[9]
「대우모大禹謨」[10]를 읽어보지 않으셨는지요?

우 임금은 좋은 술을 싫어하고 좋은 말을 좋아하셔서,

헌상된 술을 황도에 들이지 않으셨습니다.
오늘 포의布衣로 응시하여 높이 걷고자 하시니,
마치 꾀꼬리가 골짜기에서 나와서 교목喬木으로 옮겨가는 것과 같습니다.
오늘 삼품三品의 직책을 받으신 것은,
모두 뱃속 가득한 책 덕분입니다.
포의 처지였다가 홍주 가는 길에 나섰는데,
보병步兵들의 주방에 기거하는 것만 못하다고 하시다니요.[11]

---

9) 唐 韓愈의 시 「贈鄭兵曹」에 "盃行到君莫停手 破除萬事無過酒.(술잔이 그대에게 가면 멈추지 마시게, 만사를 푸는 데는 술만한 것이 없으니.)"라는 구절이 있다.
10) 『尙書』의 편명이다.
11) 魏나라 사람 阮籍은 술을 좋아하여 步兵校尉의 주방에 술이 많이 있다는 소식을

【천하락天下樂】

패옥 풀고 금琴 옆에 두고 검 맡겨 술 사지 못해 한탄하실 뿐,[12]
전혀 따르시질 않는군요, 초나라 삼려대부三閭大夫가,
홀로 깨어 온 세상이 모두 술꾼들 뿐임을 탄식했던 일은.[13]
습習 씨네 연못 가에서 계륜季倫이 무너졌고,[14]
죽림竹林 속에서 이보夷甫가 혼미해졌지요.[15]

이 술 좋아한 두 군자는,

지금까지도,
만고에 맑은 바람을 퍼뜨리고 있습니다.[16]

(왕안이 유홍을 이끌고 등장하여 [진광예를] 만난다)

왕안 이 사공은 홍주 사람이라 제일 마땅합니다. 제가 이 사람 배를 빌렸습니다.

진광예 좋은 사공이로구나.

듣고 步兵校尉가 되고 싶어했다고 한다. 『世說新語』「任誕」에 나온다.

12) 패옥을 푼다는 것은 벼슬을 그만둔다는 것을 뜻한다. 또 元 楊朝英의 散曲「水仙子·西湖探梅」에 "無錢當劍沽, 醉倒在西湖.(돈이 없으면 검을 저당잡히고 술에 취해 서호에 누우리라)"라는 구절이 있다.

13) 三閭大夫는 楚나라의 屈原을 가리킨다. 그는「漁父辭」에서 세상 사람들은 모두 취해 있고 자신만 홀로 깨어 있어서 쫓겨났다고 탄식했다.

14) 季倫은 晉 山簡의 字이다. 『世說新語』「任誕」에 따르면, 山簡은 바깥에서 술을 마시기를 좋아하여 漢나라 侍中을 지낸 習郁이 만든 연못가에 가서 술을 마신 적이 많았다고 한다.

15) 夷甫는 竹林七賢의 한 사람인 王戎의 사촌 동생 王衍의 字이다. 王衍 역시 청담과 술을 좋아하였다고 한다.

16) 반어적으로 풍자하는 것이다.

부인　이 사람은 좋지 않을 듯합니다.

왕안　소인은 사람 보는 눈이 있으니 마님께서는 마음 놓으세요.

(부인이 노래한다)

부인　【촌리아고村里迓鼓】
말씨가 거칠고,
얼굴이 사납습니다.

진광예　부인, 부인이 과민하오. 한나라 허부許負[17]라도 되오?

(부인이 노래한다)

부인　제가 비록 한나라 허부는 아니지만,
잘 살펴보면 불량한 사람은 알아볼 수 있습니다.
보세요, 어깨 움츠리고 억지로 웃으면서,
앞뒤로 왔다 갔다 하고,
어찌할 줄 모르는 모습을.

진광예　부인, 나도 사람을 볼 줄 아오.

(부인이 노래한다)

부인　총명한 왕백당王伯當[18]이,

진광예　괜찮소.

---

17) 한나라 때 관상을 잘 보았다는 노파이다. 『史記』「絳侯周勃世家」에 나온다.
18) 隋나라 말엽 瓦崗寨의 두령이다. 여기에서는 劉洪을 비유한다.

(부인이 노래한다)

부인　배문희裴聞喜[19]를 어리석게 만들어,
외롭고 추운 노魯나라의 의로운 부인[20]을 떠나보내리니,
어찌 강 가운데로 배를 저어가 물 새어 고생할 일을 막을 수 있겠습니까?

【원화령元和令】
속마음은 전갈처럼 독하고,
눈은 이리처럼 이리저리 움직입니다.

진광예　부인, 머리와 얼굴이 먼지투성이가 되어 단장하지 않고 있다가 강에서 혹시 아는 벗이라도 맞닥뜨린다면 어찌 만나려고 하시오?

(부인이 노래한다)

부인　어찌 길을 가는 중에 잘 단장하여,
황금의 봉교鳳翹와 주락珠絡으로 꾸미겠나요?[21]
말할 것도 없이, 주나라 망하고 은나라 깨어지고 월나라가 오나라를 기울게 한 것은,
모두 아리따운 미녀 때문이었습니다.

---

19) 唐나라 聞喜(지금의 山西省 聞喜縣) 사람 裴行儉(619~682) 또는 裴度(765~839)를 말한다. 모두 藩鎭을 평정하는 공을 세운 名臣이다. 여기에서는 陳光蕊를 비유한다.

20) 제나라가 노나라를 침입했을 때 위기 상황에서 친자식을 버리고 조카를 구했다고 한다. 여기에서는 진광예의 부인인 자신을 비유한다.

21) 봉교는 봉황 모양으로 만든 부녀자 머리 장식이다. 주락은 진주를 꿰어 만든 그물로, 머리 꾸미개의 하나이다.

【상마교上馬嬌】

옛날에 달기妲己도 저속하였고,
포사褒姒도 어리석었고,
서시西施는 요술妖術이 있었으니,
각 왕조에서 나라를 그르쳤던 이들입니다.
정말이지 미녀가 지아비에게 누를 끼쳤던 것입니다.

【요幺】

그들은 만리강산 제왕의 나라를 망쳐버렸습니다.
바라건대 하루빨리 홍주에 당도하고 싶습니다.
우리 세 식구는 다른 가족이 없고,
금도 없고 옥도 없지만,
벼슬도 있고 녹봉도 있으니,
천자께서 어전에서 제수해주신 것을 받았습니다.

【유사문遊四門】

우리를 홍주 지부에 제수하여 풍속을 가르치게 하셨으니,

유홍 소인이 바로 그곳 사람입니다.

(부인이 노래한다)

부인 그대가 그곳 사람이라니,
정 깊으신 상공께 말씀드려 그대를 보살피게 하셔서,
세금을 면하고 요역을 면하게 해주겠네.
우리 두 사람은 거짓말은 할 줄 모른다네.

유홍 고맙습니다요, 마님. 나리께 아뢰오, 마침 순풍이 불고 있으니 얼른 배에 타십시오.

(진광예가 부인과 함께 배에 내려가서 출발하라고 명한다)

유홍　뜸을 쳐야겠습니다.

(부인이 노래한다)

부인　**【승호로勝葫蘆】**

순풍에 돛 달아 빠르게 나아가니,
마치 말이나 수레처럼 빠르구나.

(유홍이 [배를] 흔들리게 한다)(부인이 노래한다)

부인　나는 홍주 백성들의 부모나 마찬가지인데,
너는 어찌하여 감히 앞뒤로 밀치면서,
모두를 이리저리 흔들리게 하느냐?

진광예　부인, 겨우 배를 탔으니 운이 좋다고 하겠소. 사공의 첫 잘못을 용서하시구려.

부인　상공께서는 무슨 말씀이신지요.

속담에 군자는 처음에 단호하다고 했습니다.[22)]

(유홍이 배를 멈추고 돌을 던진다)(왕안을 밀쳐 물에 빠뜨린다)(부인이 소리를 지르면서 말한다)

---

22) 元 王實甫의 雜劇 『西廂記』 第5本 第4折에 "豈不聞君子斷其初, 我怎肯忘得有恩處?(군자는 처음에 단호하다고 하지 않았나요? 내 어찌 은혜를 잊어버릴까?)"라는 구절이 있다.

부인 왕안은 어디에 있느냐?

왕안 제가 사람 보는 눈은 있었는뎁쇼, 마님.

유홍 대고산大姑山[23] 밑에 왔구나. 상공, 당신은 전생에 내게 빚을 졌소. 당신의 재산과 부인을 모두 내가 받아서 쓰겠소. 내년 이맘때가 당신의 제삿날이 될 거요. 당신이 죽으면 내가 추천追薦하여 주겠으니, 사십구재 동안 염불하여 □□□□[24] 자비로운 당신을 초도超度해 주겠소.

진광예 사공! 내가 너와 무슨 원수가 졌다고 내 목숨을 해치려고 하느냐?

유홍 여기에서 너를 놓아주지 않겠다.

(진광예가 부인을 안고 통곡한다)(부인이 노래한다)

부인 **【후정화後庭花】**

이놈이 버드나무 제방을 떠나더니 노와 삿대를 멈추고,
갈대 언덕 아래에서 칼과 도끼를 들었다네.
붉은 여뀌 자란 여울목에는 사람 드물고,
흰 부평초 떠 있는 나루에는 배가 드물다네.
구슬 같은 눈물 흐르는 것을 멈출 수가 없네.

(유홍이 진광예를 붙잡는다)(부인이 노래한다)

---

23) 江西 鄱陽湖 안에 있는 산이다.
24) 판별되지 않는 글자이다.

남편의 머리채를 붙잡는구나.
바람 약하고 물소리 아득한데 부들 갈대는 바짝 말랐고,
구름 어둡고 하늘은 먼데 기러기 그림자는 외롭고,
추위 매섭고 이슬 무거운데 달빛은 떠 있고,
밝디밝은 은하수 나타나고 별자리 퍼져있네.

(유홍이 진광예를 떠밀어 물에 빠뜨린다)(부인이 넘어진다)(노래한다)

【청가아靑哥兒】

아!
위급한 지경에 보호해줄 친지 한 명 없다네,

(유홍이 잡아당긴다)

거세게 옷을 잡아당기니,
아,
너는 "더러운 흙으로 쌓은 담은 매끈하게 다듬을 수 없는"[25] 사람이다.
또 돈이나 물건도 없는데,
그분을 죽이고,
나의 남편을 해치고,
그의 아내를 빼앗는구나.
하늘의 뜻은 무엇일까?
사람의 운명을 어디에 기댈까?
아!
도척盜跖[26] 같이 악독한 너는,
어찌 그분을 물살에 흘려보냈느냐?

25) 『論語』「公冶長」의 구절이다. 공자가 宰予를 비판하면서 한 말이다.
26) 춘추 시대의 도둑이다. 『莊子』「盜跖」 등에 나온다.

(부인이 물에 뛰어들려고 하고 유홍이 그를 붙잡는다)

유홍 나는 단지 당신 때문에 당신 남편을 해쳤소. 당신이 나의 처가 된다면 당신 남편의 부임장을 지니고 홍주 부윤을 하고 당신은 부인을 하면 될 것이오. 만약 내 말에 따르지 않는다면 이 칼로 두 동강을 내버리겠다.

부인 (등을 돌리고 혼잣말로 말한다) 내가 죽는 것은 상관없지만, 어찌할까, 여덟 달 된 아이가 뱃속에 있으니. 아들인지 딸인지 모르지만, 오랜 뒤에 남편의 원수를 누구한테 갚아달라고 해야 할까? 할 수 없구나. 우선 잠시 저놈의 말에 따랐다가 아이를 낳은 뒤에 다시 생각해 보자. (유홍에게 말한다) 유홍, 내가 당신을 따르겠네. 다만 두 가지만 약속해 주오. 내가 아이를 낳을 때까지 기다려 주오. 남편 삼년상을 마치고 아이가 세 살이 될 때 당신과 부부가 되겠소.

유홍 좋소, 좋아. 저녁 때 상의합시다. 유홍의 평생 소원이 이루어졌구나.

(부인이 목을 놓아 통곡한다)

부인 【미성尾聲】

아름다웠던 병두련幷頭蓮[27]이 갈라져서,
이 호색한과 연리지連理枝를 이루었으니,
너의 소원은 이루었지만 나의 마음은 괴롭다네.
올빼미가 꾀꼬리 제비와 짝이 되기 어렵고,

27) 꽃봉오리가 두 개인 연꽃이다. 금슬 좋은 부부를 비유한다.

측간 속 구더기야,
어찌 너와 물과 물고기 사이처럼 되겠는가.
홍주에 도착하면,
문서에 수결할 것인데,
무엇이 육안六案의 수지須知와 검목檢目인지 알겠는가?[28]
억울하게 죽은 우리 남편과,
목숨을 부지한 어리석은 여인이라네,
그 누가 생각했으랴, 우리 부부가 삶과 죽음으로 헤어지게 될 줄을?

28) 六案은 지방 州縣의 兵曹, 刑曹, 工曹, 禮曹, 戶曹, 吏曹를 말한다. 須知와 檢目은 각각 필수 지식과 점검 항목을 말한다. 유홍이 관청의 일을 전혀 모를 것임을 말한다.

제2척 어미를 핍박하여 아이를 버리게 하다

(용왕이 등장하여 말한다)

용왕 속세에 잘못 들어가 벽도碧桃[1]에 취했다가,
경양涇陽의 궁전[2]에서 교초鮫綃로 땀을 식혔도다.[3]
자산子產[4]이 어진 정치를 펼치지 않았다면,
부엌에서 회칼을 면하기 어려웠으리라.

소성小聖은 남해 소룡小龍이라오. 분룡연分龍宴[5]에 갔다가 술을 마시고 취하여 황금 잉어로 변해 모래밭에 누워있다가 어부에게 붙잡혀 백화점百花店에 팔렸는데, 진광예라는 사람이 나를 사서 강에 풀어주었지요. 이 은혜를 아직 갚지 못하고 있었는데 뜻밖에 이 사람이 수적水賊 유홍에게 떠밀려 물에 빠졌고, 관음이 법

1) 仙境에 있다는 전설상의 복숭아이다.
2) 長安 서북쪽 涇河에 있다는 용궁을 가리킨다.
3) 鮫綃는 상반신은 여자, 하반신은 물고기인 鮫人이 짰다는 좋은 비단으로, 손수건의 뜻으로도 쓰였다. 鮫綃로 식혔다는 것은 용왕이 위기를 당하고 돌아와서 손수건으로 땀을 닦았다는 뜻이다.
4) 子產은 춘추시대 鄭나라의 어진 정치가이다. 여기에서는 용왕을 놓아준 陳光蕊를 비유한다. 제1척 참고.
5) 分龍은 용들이 비를 내리기 위해 나눈 구역을 말한다. 음력 5월에 곳에 따라 내리는 소나기를 分龍雨라고 한다. 分龍宴은 이 용들의 모임이다.

지를 내려 나를 비롯한 수신水神들에게 그를 보호하라고 명하였다오. 소성은 그를 수정궁전에 데리고 와서 있다가 18년 뒤에 다시 가족과 만나게 할 것이오.

어부가 저자에서 황금 잉어를 팔았는데,
나를 바다에 놓아주었지.
그 아들이 불의한 사내를 주살誅殺하고,
나는 황금을 은인에게 드리리라.

(퇴장한다)
(유홍이 등장하여 말한다)

유홍 치렁치렁 금대金帶에 은어銀魚[6]를 매달았지만,
선대先代의 역사와 책을 어찌 알리요.
안건들을 철저하게 물어 밝히고자 하지만,
일평생 오직 내 도둑질을 심문할까 두렵다네.

진광예를 죽인 뒤에 그의 부임장을 가지고 와서 부임했소이다. 본부인이 아이를 하나 낳았는데 이놈을 어떻게 해야 할까? 내가 이곳 강변에 살고 있는데, 좀 이상한 일이 생기면 좋지 않을 것이라. 반드시 풀의 뿌리를 뽑아버려야 봄이 와도 싹이 돋지 않을 것이다.

(퇴장한다)

6) 銀魚符의 준말이다. 은으로 만든 물고기 모양의 부절로, 당나라 때 5품 이상의 관원에게 발급했다.

(용왕이 등장하여 말한다)

용왕 어제 관음이 법지를 내렸는데, 비로가 존자께서 오늘 어려움이 있을 터이니 순해야차巡海夜叉와 연강수신沿江水神들에게 분부하여 진광예를 잘 보호하라고 하셨다오.

(퇴장한다)
(부인이 아이를 안고 등장하여 말한다)

부인 도적놈이 남편을 앗아간 뒤로 나는 아이를 하나 얻었습니다. 오늘로 한 달이 되었는데 도적놈이 아이를 강에 버리라고 핍박합니다. 제가 따르지 않는다면 저까지도 함께 죽이겠다면서요. 내가 죽는다면 누가 우리 남편의 원수를 갚아줄까? 그놈의 말을 따를 수밖에. 아이야, 어쩔 도리가 없구나. (노래한다)

【중려中呂 · 분접아粉蝶兒】
이별의 시름 가득하여,
하늘에 호소해도 구원의 대답이 없다네.
우리 집안이 너와 무슨 원수를 졌다는 말인가?
남편을 물에 빠뜨려 죽이고,
부인을 간음하더니,
또다시 그의 친자식을 죽이려고 하네.
그 도적놈이 못된 마음의 불에 기름을 부으니,
따르지 않았다가 악독한 해코지를 당할까 두렵다네.

【취춘풍醉春風】
애를 끊이며 지전紙錢 다발 태우고,
이별을 원망하며 술 석 잔을 붓는다네.
철썩이는 대강大江의 물결 속에,

진광예,

당신의 영혼이 있나요? 있나요?

여기에 큰 소갑梳匣[7]이 있으니 아이를 안에 넣고 나무토막 두세 개를 가져다가 잔가지로 묶어서 떠내려 보낼 수 있겠구나.

상자 안에 안장하여,
물가에 던져놓네.

진광예,

당신은 저 파도 속에서 기다리시나요.

【영선객迎仙客】
심장과 간을 온통 도려내듯 하니,
눈물을 끝내 거두기 어려워,
이 젖을 자꾸만 먹이네.
만약 여뀌꽃 자란 여울을 지나고,
갈대 자란 섬을 지난다면,
돌부리에 걸리지 말기를,

하늘이시여,

다만 어부들이 구해주기만을 바라옵니다.

두 냥짜리 금비녀 두 개를 아이 몸에 묶어야겠다. 장강과 대해의

7) 빗 따위의 단장 도구를 넣어두는 상자이다.

용왕 신령들이시여, 고아를 불쌍히 여겨주소서!

【석류화石榴花】

바라옵건대 용신龍神께서는 제때에 보우하사,
물고기와 자라들이 소홀히 보게 하지 마옵소서.
도마뱀 악어 상어 이무기들은 쫓아가지 말 것이며,
과주瓜州[8] 나루에 도착하여,
사람이 구해주게 하여 주옵소서.
하늘 향해 기도 올리나니 애써주소서,
상자가 얼른 동류東流를 타도록 보우하소서.
금비녀 두 개를 단단히 묶었으니,
학 타고 양주揚州에 가는 것과 같으리라.[9]

【투암순鬪鵪鶉】

네 어미가 뚫어져라 쳐다볼 것이고,
내 남편의 혼령도 아직 있을 것이라네.

아가야,

오직 바란단다, 목숨을 지키고,
정신이 온전하기를.

8) 江蘇省 揚州市 邗江區의 남쪽 대운하가 長江으로 들어가는 곳에 있는 곳의 옛 지명이다. 남북 水運의 요충지이다.

9) 南朝 梁 殷芸의『小說』卷6에 있는 일화이다. 한 사람은 揚州刺史가 되고 싶고, 한 사람은 돈을 많이 모으고 싶고, 한 사람은 학을 타고 신선이 되고 싶다고 했는데, 이들의 얘기를 들은 또 다른 사람이 자신은 돈을 허리에 두르고 학을 타고 양주에 가고 싶다고 말했다. 다른 세 사람의 소원을 모두 다 이루고 싶다는 욕망을 풍자한 것이다. 여기에서는 아이를 구해주는 사람이 비녀도 얻을 것이라는 뜻으로 쓰고 있다.

마치 홍엽紅葉이 향기 날리며 어구御溝를 나온 것처럼,[10]
흘러흘러 갈매기와 벗하며 내려가기를.
우리 아기가 낮은 곳으로 흘러갈 텐데,
누가 말할 수 있을까, 상류에서 은혜가 내려올 것이라고?

나는 적삼 한쪽을 찢어서 새끼손가락 끝을 깨물어 아이가 태어난 달과 나이를 쓰네. 어진 분이 불쌍히 여겨 구해주시겠지.

【상소루上小樓】

이 가녀린 손가락 끝을 깨무니,
피가 줄줄 흐르는구나.
흰 비단 한 자락을 펴 놓고,
두 줄로 붉은 글씨를 써서,
만 경 맑은 물결에 다가서네.
상자 틈새를 막고,
상자 뚜껑을 묶고,
보자기로 단단히 싸매어,
물 샐 틈 없이 잘 막아야겠네.

【요幺】

비록 나무 칠갑이지만,
댓잎으로 만든 배와 같다고 하겠네.
오직 온전하고 온전하게,
아득히 아득히,

10) 御溝는 궁원의 도랑을 말한다. 唐 孟棨의 『本事詩』에 顧況이 洛陽에서 노닐다가 냇물에 떠내려오는 오동잎에 궁녀가 시를 적은 것을 보았다고 한다. 또는 韓翠蘋라는 궁녀가 시를 적어 띄워보낸 나뭇잎을 于祐라는 사내가 발견하고 서로 마음을 전하여 부부가 되었다고도 한다. 후자는 元 白樸의 잡극 「韓翠蘋御溝流紅葉」으로 극화되었다.

넘실넘실 가 주기만을.
하늘과 땅이 보우하시고,
조상님이 지탱해주시고,
신명이 도와주셔서,

몇 년 만이라도 살아주기를.

유홍 (무대 안에서 말한다) 어서 버리지 않고 어찌 거기에 계속 있는가?

(부인이 노래한다)

부인 【십이월十二月】
아기는 저기에서 응애응애 울고,
나는 여기에서 다급하게 돌아보네.
상자를 가볍게 손으로 받쳐 들고,
저 모래언덕 모래섬 가까이로 가네.
울음소리 슬프니 원숭이도 듣고 애를 끊고,
상자 하나 외로이 떠가니 물고기도 보고 근심하리라.

【요민가堯民歌】
아가야,

이 강물 따라 동쪽으로 흘러가니,
상류를 떠나 내려가서,
아래쪽 닿는 곳이 있기를 바란다.
갈대 자란 찬 강물 위에는 갈매기 가벼이 떠 있고,
버들가지가 하늬바람 맞아 떠나는 배 전송하는 듯하네.

(무대 안에서 재촉한다)

재촉하지 마오,
헤어짐이 얼마나 슬픈지,
심장과 간의 살점을 잘라내는 듯하네.

(상자를 놓는다)

【반섭조般涉調·사해아耍孩兒】
넘실넘실 강 한 가운데로 흘러가니,
피눈물을 훔치며 뚫어져라 쳐다보네.
어느새 저 멀리 가버렸구나.
온 천하에서 몇 사람이나 나처럼,
근심하며 아이 바라보다가,
돌덩이가 되지 못한 것이 한스러울까.
마음은 날랜 연鳶이 실을 끌고 가듯 하지만,
몸은 노니는 물고기가 낚싯바늘 삼킨 것 같네.
눈물방울이 강비江妃[11]의 옷소매에 가득 떨어지니,

아가는,

너울너울 떠나가고,

어미는,

절절히 근심에 빠져 있네.

【요幺】
마음속의 괴로움을 삼키지 못하고,
얼굴 위의 부끄러움을 가리지 못하네.

11) 神女의 이름이다. 『列仙傳』에 나온다. 여기에서는 진광예의 부인을 비유한다.

열 달 동안 품었다가 헛고생했는데,
어린아이가 우물에 들어가는데 어느 누가 구할까?
여인이 물에 뛰어드는데 어느 누가 쳐다볼까?
오늘 고기가 고양이 입에 떨어졌구나.
아이는 꽃처럼 흩날려 물에 떠가는데,
어미는 언제 가을 낙엽 되어 떨어질까.

【미성尾聲】

궁혜弓鞋[12] 신고 비틀거리며 몸을 돌리고,
연지 바른 얼굴 돌려 또다시 바라보네.
이 이별 근심 담은 상자는 잘 떠나가려나?
저 강물 바라보며 석양 속에 길을 걷네.

(퇴장한다)

12) 전족을 한 여성이 신는 가죽신이다. 전족은 대체로 송나라 때부터 시작된 것으로 여겨지므로, 당나라를 배경으로 하는 이 작품에 전족이 등장하는 것은 시대 상황과 부합하지 않는다. 이 작품이 지어진 元末明初의 상황이 반영된 것이다.

제3척 강류아가 모친을 만나다

(용왕이 졸개를 이끌고 등장하여 말한다)

용왕　성승聖僧 나한[1]이 물에 빠졌구나. 수졸水卒들은 구름을 타고 안개를 몰아 나한을 떠메어 금산사金山寺[2]로 가게 해라.

(퇴장한다)

(어부가 등장하여 말한다)

어부　새색시는 물 바위 옆에서 눈썹 찌푸리며 근심하고,
처녀는 포구에서 추파를 던지네.
푸른 삿갓 앞에는 일이 끝없지만,
녹색 도롱이 아래에서 잠시 쉬네.[3]

날이 밝았구나! 고기를 잡으러 가자. 아, 저 모래 여울에서 불길이 일고 있는데 한번 가 보자. 뭔가 했더니 상자였구나. 안에는 무슨 물건이 있을까? 한번 열어보자. 아, 어린 고아가 있네! 무슨 요괴일까 모르겠네? 이걸 가지고 가서 장로님을 뵈어야겠다.

1) 물에 빠진 아기 현장을 가리킨다.
2) 江蘇省 鎭江市에 있는 東晉 시대에 세워진 古刹로, 유명한 「白蛇傳」에도 등장한다.
3) 宋 黃庭堅의 詞 「浣溪沙」에 있는 구절이다.

(퇴장한다)

(단하선사丹霞禪師[4])가 등장하여 말한다)

선사 금산사에서 십 몇 년을 지냈지만,
눈앞의 경치는 때마다 새롭도다.
장강의 뒷물결이 앞의 물결을 재촉하듯,
새 시대 사람이 옛날 사람을 갈아치우네.

노승은 단하선사입니다. 여산廬山 오조五祖[5])의 제자로, 금산사에서 지낸 지 여러 해가 되었지요. 어제 가람신伽藍神[6])이 알려주시기를 서천의 비로가 존자께서 오늘 일찍 찾아온다고 했습니다. 지객시자知客侍者는 종을 치고 향을 살라 손님을 맞이해라.

(어부가 상자를 들고 등장하여 선사를 만난다)

어부 오늘 아침에 소인이 고기를 잡다가 모래 여울에서 불길이 이는 것을 보고 가 보니 칠갑이 하나 있고 그 안에는 어린 아이가 한 명 있었습니다. 장로님께 보여드리오니 무슨 요괴는 아닌지요?

선사 가져와 보게. 잘생긴 아이인데, 차가운 빛이 번쩍이고 특별한 향이 진하구나. 안에는 금비녀 두 개와 혈서 한 통이 있구나. 혈서를 읽어보자.

---

4) 丹霞禪師(739~824)는 당나라 후기의 명승으로, 玄奘(602~664)보다 백여 년 뒤의 사람이다. 여기에서는 임의로 名僧의 이름을 빌린 것이다.

5) 禪宗의 五祖는 大滿禪師 弘忍(601~675)이다.

6) 절을 지키는 수호신이다.

"은씨殷氏의 혈서. 이 아이의 아비는 해주 홍농 사람으로 성은 진, 이름은 악, 자는 광예입니다. 벼슬을 홍주 지부에 배수 받아 가족을 데리고 부임하는 길에 유홍이라는 자의 배를 샀는데 그 자가 남편을 밀어 물에 빠뜨리고 스스로 홍주 지부라고 꾸며대었습니다. 남편의 유복자가 있는데, 부임 후 낳은 지 한 달 만에 도적놈이 핍박하여 강에 버립니다. 금비녀 두 개와 혈서 한 통을 넣었으니 어진 분이 불쌍히 여겨 구해주십시오. 이 아이는 정관貞觀 3년(629) 10월 15일 자시子時에 태어났고 이름은 없고 그저 강류江流라고 부릅니다."

아! 11월 15일에 강에 버렸구나. 오늘이 16일인데 엄동설한에 하룻밤 사이에 여기까지 왔으니 어찌 이인異人이 아니겠는가? 필시 가람신이 알려주신 분일 것이다. 어부는 이 금비녀를 줄 테니 가서 술을 사 먹게. 절 바깥 산 앞의 인가에 얼마 전 아이가 죽은 어미가 있어 젖이 있으니 내가 돈을 가지고 가서 노승 대신 길러달라고 하겠네.

(어부가 고맙다고 말하고 퇴장한다)

선사 노승이 이 혈서를 간직했다가 이 아이가 장성한 뒤에 부모를 찾아가 원수를 갚게 해야겠습니다.

(퇴장한다)
(유홍이 등장하여 말한다)

유홍 염불수행하며 불경을 독송해도,
그 누가 알까, 곳곳에 신명이 계심을.

평생 양심에 어긋나는 짓은 하지 말지니,
한밤에 문 두드려도 놀라지 않는다네.

진광예를 해치고 나서 지부 행세를 한 지 1년 만에 병이 들어 사직했다네. 본래 강가에서 살면서 돈을 빌려주고 이자를 받으면서 살았는데, 그 사람[7]은 지난날 생각도 이미 없어지고 또 별다른 친척도 없어서 이 일은 조용히 묻혔지. 그는 늘 내게 불경을 읽고 좋은 일을 하라고 권하니 나도 그 말에 따르고 그도 나를 존중하지. 나는 본래 그에게 나쁜 짓을 한 적이 없다네. 성안에 아는 사람이 몇 있으니 술이나 마시러 가야겠다.

(퇴장한다)
(단하선사가 등장하여 말한다)

선사 백발이 성성하여 귀밑까지 늘어졌건만,
청산과 녹수는 예전과 변함없도다.
인생이 남가일몽南柯一夢과 다를 게 무엇이랴,
손가락 한 번 튕기니 열여덟 해가 흘렀구나.

노승은 단하입니다. 어린 강류아江流兒를 거두어 일곱 살에 글을 읽고 열다섯에는 모르는 경전이 없었으니, 본종本宗[8]의 이치를 다 통달했습니다. 노승은 그에게 현장玄奘이라는 법명을 지어주었는데, 현은 묘妙요, 장은 대大라, 크게 현묘의 기미를 얻었

7) 은씨를 가리킨다.
8) 불교를 가리킨다.

다 하여 현장이라고 지은 것입니다. 올해 열여덟으로 절의 많은 대중들을 관장하고 있습니다. 어제 가람신이 알려주시기를 "이 아이의 때가 왔으니 마땅히 원수를 갚으러 가야 한다"고 했습니다. 현장을 불러오너라!

(당승唐僧이 등장하여 말한다)

당승 소승은 현장입니다. 사부님께서 부르시니 가 보아야겠습니다.

(스승을 만난다)

선사 현장아, 올해 몇 살이더냐?

당승 소승이 어찌 알겠습니까만 올해 열여덟이라고 하더이다.

선사 성은 무엇이냐?

당승 소승은 어려서부터 사부님께서 보살펴 주셨으니 어찌 성을 알겠습니까?

선사 이제 때가 되었으니 내가 말해주마. 너의 부친의 성은 진, 이름은 악, 자는 광예이고, 해주 홍농 분이시다. 과거에 급제하여 홍주 태수의 직을 얻으셨지. 그때 모친 은씨는 너를 가진 지 여덟 달이 되었는데 가족이 부임하다가 강가에서 유홍이라는 도적을 만났는데 그자가 너의 부친을 밀어 물에 빠뜨리고 모친을 처로 삼아 홍주 지부 행세를 했다. 부임한 곳에서 너를 낳은 지 한 달 만에 그 도적이 핍박하여 너를 강에 버리게 하니 너의 모친은 손가락 끝을 깨물어 혈서로 너의 나이를 썼다. 어부가 강가에서 상자를 주웠는데 상자 안에 네가 들어 있었고, 내가 너를 거두어 열여덟 살까지 자랐구나. 이제 마땅히 부모님의 원수를 갚으러 가야 할 것이다. 처음부터 일일이 기억했다가 먼저 너를 낳아주신 양친의 은혜를 갚고 돌아와서 너를 길러준 나의 은혜를 갚거라.

(당승이 혼절한다)(당승을 흔들어 깨운다)

선사 애야, 내가 처음부터 사연을 자세히 말해주었으니 너는 반드시 정성을 다해 노력하거라. 네가 갑자기 분사憤死하면 누가 네 부모님의 원수를 갚겠느냐? 오늘 노자를 챙겨서 줄 테니 바로 길을 나서거라. 다만 한 가지는, 그놈이 그곳에 산 지가 열여덟 해이니 수족들이 많을 것이다. 모친을 찾아가서 뵙고 바로 밤을 새워서 돌아오면 내가 너와 함께 가겠느니라.

(당승이 절을 올리고 말한다)

당승 사부님께서 키워주시지 않았더라면 현장에게 어찌 오늘이 있겠나이까? 이 은혜는 죽어도 잊지 못할 것입니다. 오늘 바로 발뒤꿈치에 해오라기 다리를 높이 달아매고 종이 이불에 거미 허리를 단단히 동여매고 출발하겠습니다.[9)]

장대 꽂힌 모습 바라보며 밥을 먹고,
종소리 북소리 들으며 잠이 들겠네.

9) 현장의 마르고 가냘픈 모습을 나타낸다.

바로 홍주로 가야겠다.

(퇴장한다)

선사 현장이 갔구나. 노승은 이제,

자리에 누워 아침마다 꿈에서 깨어나,
난간에 기대어 날마다 돌아오는 배 기다리리라.

(퇴장한다)
(부인이 등장하여 말한다)

부인 아이를 버린 지 손꼽아보니 벌써 열여덟 해가 지났습니다. 이 도적놈은 나한테 잡혀 살면서도 성질을 고치지 못하고 날마다 성안에 가서 술을 마시는데 오늘도 갔네요. 며칠 동안 귀가 화끈거리고 눈꺼풀이 떨리고 마음이 불안한데 무슨 일일까 모르겠습니다. 남편과 아이 생각하다가 병이 난 것일까? 언제쯤 근심 없는 날이 오려나? 애통하구나. 얘야,

(노래한다)

【상조商調 · 집현빈集賢賓】
네가 푸른 강물 따라 동쪽으로 내려가니,
마치 보배를 잃은 것 같았단다.
한낮에는 물고기와 새우들과 함께 가서,
저녁에는 백로와 갈매기 벗하여 있었겠지.
어둑하고 짙은 안개가 산을 이어 깔렸고,
자욱한 물보라는 은덩이가 쌓인 듯했겠지.

용문龍門에 뛰어올랐던 남편[10]이 무사히 환생하여,
거듭 살아서 열여덟 살이 되었겠지.
밝은 달빛 내린 나루터를 뚫어지게 바라보고,
푸른 하늘의 구름 보며 애가 끊이는구나.

【소요락逍遙樂】

높은 누각에 기대어 서 있는 듯,
어지러움은 약으로도 고치기 어렵고,
지성으로 마음을 지극히 삼가네.

(당승이 행각승으로 분하고 등장하여 말한다)

당승 홍주에 당도했구나. 사람들에게 물어보니 옛 태수 진광예의 집은 강변의 흑루자黑樓子[11] 안이라고 하는구나. 잘 됐다! 그자가 있으면 어머니도 계시겠지. 집 앞에 도착했으니 기척을 해 보자. 아미타불!

(부인이 노래한다)

부인 젊은 사미승이 문 앞에서 서성이며,
아미타불을 외치는데 그 뜻이 참되구나.
지팡이 짚고 발걸음 옮기는 모습이 사연이 있는 듯한데,
마치 제불세존諸佛世尊을 빚어놓은 듯하구나.

스님, 저희 집에서 공양을 드시지요.

---

10) 진광예가 과거에 급제했음을 말한다. 登龍門의 고사는 『藝文類聚』 권96에 「三秦記」를 인용하여 나온다.
11) 본래는 비밀스럽게 운영하는 기루를 뜻한다.

당승　보시가 있는지요?

(부인이 노래한다)

부인　가사를 지을 비단과,
불상에 올릴 양곡과,
추위를 막을 장삼이 있습니다.

당승　부인, 고맙습니다.

부인　스님께서는 어디에서 오셨습니까?

당승　금산사에서 왔습니다.

부인　금산사에서 여기까지는 며칠이나 걸립니까?

당승　순풍이면 스무날이면 오고 그렇지 않아도 한 달이면 옵니다. 금산사는 대찰이라 만중萬衆을 들일 수 있습니다.

부인　예로부터 금산사는 대찰이라고 들었습니다.

【금국향金菊香】

금산사에서 한 달 만에 왔는데,
보전에는 천만 명을 들일 수 있다고 하네.
다가와서 묻는 모습이 예의가 엄정한데,
보아하니 맑은 기운이 대단하여,
마치 계곡물이 바위를 뚫는 듯하구나.

이 스님은 마치 진광예 낭군님과 꼭 닮았구나!

【오엽아梧葉兒】

눈썹과 눈이 똑같고,
몸매도 정말 똑같네.
노을 같은 얼굴 붉은 입술을 보니,
돌 옆의 삼생몽三生夢일까,[12]
천태산天台山의 화신일까?[13]
보아하니 내가 어미 같구나.

스님, 법랍이 어떻게 되십니까?

당승 소승은 열여덟입니다.

부인 우리 아이가 살아있다면 똑같이 열여덟일 텐데. 애야,

너는 열여덟 해 동안 출렁이는 물결 따라 다니겠구나.

스님, 스님은 몇 살에 출가하셨습니까? 속성은 무엇입니까? 부모님이 있습니까?

【초호로醋葫蘆】

제가 여쭙니다, 집은 어디이고,
부모는 누구이며,
몇 살에 머리 깎고 스님이 되셨는지를.

---

12) 돌은 杭州 天竺寺에 있는 三生石을 말한다. 당나라 승려 圓觀이 再生하여 李源과 이 돌 앞에서 재회했다는 고사가 唐 袁郊의 소설집 『甘澤謠』「圓觀」에 나온다. 여기에서는 부인이 진광예가 환생한 것과 똑같다고 생각했다는 것을 뜻한다.

13) 당 呂丘胤이 台州刺史가 되어 天台山에 있는 寒山이 文殊菩薩의 화신이고 拾得이 普賢菩薩의 화신이라는 말을 듣고 이들을 찾아갔으나 만나지 못했다고 한다. 呂丘胤이 편찬했다는 『寒山子詩集』에 나온다. 여기에서는 부인이 당승을 진광예의 화신과 똑같다고 생각했다는 것을 뜻한다.

당승　어머니 뱃속에서 나오자마자 중이 되었습니다.

(부인이 노래한다)

부인　태어나자마자 어떻게 속세를 떠나셨나요?
전생의 인연이 있어서,

어머니 뱃속에서 나오자마자 출가하셨다지만 부모님이 계시겠지요.

처음부터 하나하나 말씀해 주십시오.

당승　저의 부친의 성은 진씨이고, 모친은 은씨입니다.

(부인이 노래한다)

부인　【요幺】
부친의 성은 진씨이고,
모친은 은씨라고 말하네.
관리이셨습니까, 군인이셨습니까?

당승　부친은 홍주 태수에 배수되셨습니다.

(부인이 노래한다)

부인　어느 해에 이곳에 부임하셨습니까?

당승　정관 3년 8월에 오시다가 도적에게 당하여 강에 빠져 돌아가셨습니다.

(부인이 노래한다)

부인 이 말을 들으니 정신이 혼미해지는구나,
강에서 강도를 만났다고 말하네.

(말한다) 스님은 어떻게 살아남으셨습니까?

당승 소승은 그때 모친의 뱃속에 있은 지 여덟 달이었습니다.

부인 스님은 그것을 어떻게 아십니까?

당승 소승이 어찌 알겠습니까? 저의 사부님 단하선사께서 말씀해 주셨습니다. 금산사 아래에서 어부가 칠갑을 하나 주웠는데 그 안에 금비녀 두 개와 혈서 한 통과 함께 들어 있었다고 합니다. 사부님께서 거두어 보살펴 주셨고 일곱 살에 책을 읽고 열다섯에 경전을 통달했다고 합니다. 올해 열여덟이 되었으니 홍주에 가서 모친을 찾으라고 하셨습니다.

(부인이 노래한다)

부인 【요幺】
입 속의 말을 다 들으니,
마음 속의 먼지를 다 털어내네.
정수리 깊숙한 곳의 삼혼三魂이 달아나니,
알고보니 강류아가 먼 곳에서 어미 찾아온 것이라네.

당승 부인, 말씀이 지나치시오. 제가 어찌하여 당신의 아들이겠습니까?

(부인이 노래한다)

부인 제가 말이 많고 거칠었습니다,
우리 스님께 말씀드리지만 화내지 마십시오.

스님, 화내지 마십시오. 그 혈서를 가지고 오셨습니까?

당승 제가 이렇게 멀리에서 왔는데 무슨 말씀을 드리려고 왔겠습니까?

부인 스님께 혈서가 있으시다는데 저도 베껴놓은 묵서墨書가 있습니다. 제가 읽을 테니 들어보십시오.

"이 아이의 아비는 해주 홍농 사람으로 성은 진, 이름은 악, 자는 광예입니다. 벼슬을 홍주 지부에 배수받아 가족을 데리고 부임하는 길에 유홍이라는 자의 배를 샀는데 그자가 남편을 밀어 물에 빠뜨리고 스스로 홍주 지부라고 꾸며대었습니다. 남편의 유복자가 있는데, 부임 후 낳은 지 한 달 만에 도적놈이 핍박하여 강에 버립니다. 금비녀 두 개와 혈서 한 통을 넣었으니 어진 분이 불쌍히 여겨 구해주십시오. 이 아이는 정관 3년 10월 15일 자시에 태어났고 이름은 없고 그저 강류라고 부릅니다."

(당승과 부인이 끌어안고 통곡한다)(부인이 노래한다)

부인 【요幺】
낡은 비단은 먼지 쌓여 흐려지고,
옛 핏자국은 누렇게 변했구나.
정말이지 이야기할 때마다 새롭구나,
나의 열여덟 해의 눈물이 제값을 받는구나.
선과 악은 마음에 달렸으니,
마치 꽃이 피어 고목이 다시 봄을 맞은 듯하네.

(말한다) 얘야, 이 도적놈은 수족이 많으니 그자의 술수에 걸려들지 말거라. 내가 노자를 챙겨줄 터이니 바로 배에 타서 밤길로 금산사로 돌아가거라. 그리고 사부님을 청하여 함께 와서 원수를 갚거라.

(노래한다)

【선려仙呂·후정화後庭花】

나는 이쪽에서 금은을 챙기면서,
네가 하루빨리 원수와 은혜를 갚기를 바란다.
우리 아이는 경전으로 큰 일을 이룰 수 있었는데,[14)]

진광예,

당신은 어찌 글로 입신할 수 있다고 말씀하셨나요?[15)]
머뭇거리지 말고,
속히 나아가거라.
내려가는 배에 바람도 순조로우니,
복수의 마음은 화살처럼 긴박하고,
돌아가는 길은 불길처럼 빠르리라.

【유엽아柳葉兒】

나는 또 옛날을 생각하며,
울면서 너를 강가에서 전송하네.
오늘 백 척 높이의 창포 돛에 서풍이 순조로우니,
고생을 마다하지 말고,

14) 스님이 되었다는 뜻이다.
15) 유학을 배워 벼슬한다는 뜻이다.

잠시 정신을 차리거라.

하늘이시여,

누가 생각이나 했겠습니까, 혈서를 썼는데 그대로 이루어질 줄을?

당승 오늘 바로 어머님을 하직하고 금산사로 돌아가네.

(퇴장한다)

부인 아이가 갔구나. 도적놈이 돌아올지 모르니 바로 안으로 들어가야겠다.

【상조商調·낭리래浪裏來】

손바닥 안의 진주를 가까스로 보자마자,
또다시 마음 속에 걱정이 생기는구나.
오늘 밤은 어디에서 몸을 쉴까?
내일은 바람과 파도가 또 어찌 되려나?
집이 있어도 오지 못하는 아이를 뚫어지게 바라보니,
애 끊이는 나는 하릴없이 애 끊이는 사람을 전송하네.

제4척 강도를 붙잡아 원수를 갚다

(우세남虞世南[1])이 등장하여 말한다)

우세남 요순 임금의 유풍이 오늘날 돌아왔으니,
백성들은 정관貞觀의 때에 즐거움이 한이 없다.
반평생의 공업功業으로 천년을 갈 사서史書에 오르고,
일곱 걸음 재주로 오마五馬의 벼슬아치가 되었도다.[2])

소관小官은 우세남입니다. 지금은 당나라 태종 황제께서 다스리시는 정관 21년(647)이고, 소관은 한림응봉翰林應奉 벼슬을 제수받았는데, 강江의 서적鼠賊이 사람을 해치니 황상께서 나를 낙점하여 홍주 태수로 보내셨습니다. 오늘은 승당升堂하여 자리에 앉아 누가 오는지 보아야겠습니다.

(단하선사가 당승을 이끌고 등장하여 말한다)

1) 虞世南(558-638)은 당나라 때 관리이자 시인, 서예가로 유명한 사람이다. 그는 실제로는 정관 12년(638)에 세상을 떠났으므로 아래의 정관 21년이라는 설정은 시기가 맞지 않는다.

2) 일곱 걸음 재주는 일곱 걸음을 걷는 동안에 시를 지을 수 있는 재주를 뜻한다. 五馬의 벼슬아치는 太守를 뜻한다. 한나라 때 태수가 탄 수레를 다섯 마리의 말이 끌었기 때문에 유래되었다.

선사 노승은 금산사를 떠나 현장과 함께 홍주에 왔습니다. 홍주 태수 우세남은 노승과 일면식이 있으니 현장을 데리고 고발하러 가는 중입니다.

(우세남을 만난다)

우세남 오랫동안 존안을 뵙지 못했습니다. 오늘은 어디에서 오시는 길인지요?

선사 노승은 금산사에서 오는 길로, 상공을 번거롭게 해드릴 일이 있습니다.

우세남 무슨 일이신지요?

선사 이 사람은 노승의 제자입니다. 조상은 해주 홍농 사람이고, 부친은 성이 진, 이름이 악, 자가 광예이고, 모친은 은 씨입니다. 정관 3년에 이곳 태수로 제수되었습니다. 그때 이 사람은 모친 뱃속에서 여덟 달째 있었는데, 강의 수적 유홍이 부친을 밀어 강에 빠뜨리고 모친을 거두고 태수로 사칭하여 부임했습니다. 이 사람이 이곳에서 태어난 지 한 달 만에 도적놈이 강물에 던지라고 명하여 밤새 떠내려 와 금산金山에 닿았습니다. 노승은 밤에 이상한 꿈을 꾸었는데, 이튿날 아침에 어부가 발견하여 절에 바쳤습니다. 상자 안에는 은 씨의 혈서 한 통이 있었는데 그 아들의 연월일시가 적혀 있었습니다. 노승은 가련하게 여겨 산 아래 인가에 맡겨 보살피게 한 뒤에 일곱 살 때 절에 불러 공부를 시켜 열다섯에 경참經懺을 익혔습니다. 올해 열여덟이 되어 노승이 지난 사연을 다 말해 주었습니다. 행각을 하며 이곳에 이르러 모친을 찾았습니다. 이 도적놈은 아직 살아있으니 이렇게 와서 상공께 고발합니다. 이 아이의 일을 주관하여 주십시오.

우세남 나는 수적이 발흥한 일 때문에 어명을 받아 이곳에 태수로 왔습니다. 성에 도적이 있는데도 몰랐으니 내가 어떻게 해야겠습니까? 노승께서 일일이 말씀해 주셨고 하관下官이 자세히 들었습니다.

속히 당청當廳의 지후祗候[3]를 불러,
문밖의 궁병弓兵들을 소집하게 하네.
창과 칼은 노출되니 쓰지 말고,
암기暗器를 가지고 몰래 가야 하네.
도적놈을 붙잡아 관아에 오면,
법에 따라 밝고 바르게 벌을 주리라.

(함께 퇴장한다)
(유홍이 부인을 데리고 등장하여 말한다)

유홍 간밤에 술을 많이 마셨더니 오늘 몸이 피곤하여 일어나기가 어렵구나. 낭자, 죽탕粥湯을 먹게 좀 끓여주시오.

(부인이 밖으로 나간다)

부인 아이가 떠난 지 두 달이 되었는데 소식이 없구나. 이 도적놈이 술병이 나서 집에 있으니 지금 오면 정말 좋을 텐데. 오늘 같은 날이 있을 것이라고 누가 생각이나 했을까?

3) 아전을 말한다.

(노래한다)

【쌍조雙調 · 신수령新水令】

나의 저 곤경에 빠진 용아龍兒[4]가,
필시 하늘에 날아올라,
남편을 위해 복수할 뜻을 이루리라.
마음은 온통 불처럼 타오르는데,
귀밑머리는 점차 실처럼 가늘어지네.
옛날 나의 모습은 꽃가지 같고,
몸은 굳은 기름[5] 같았는데,
지금은 치마 주름이 두세 겹이나 접힌다네.[6]

간밤에 심지 끝 불똥이 튀더니,[7]
오늘은 까치가 우는구나.

아이가 오려나 보다.

【주마청駐馬聽】

까치가 꽃가지에서 우니,
복수의 한이 맺힌 아이가 이곳에 오겠구나.
용이 진흙탕에 똬리를 틀고 있으니,
괴로움 당하는 어미가 여기에서 곤궁에 빠져 있다네.

---

4) 아들 현장을 가리킨다.
5) 원문은 凝脂이다. 엉기어 굳어진 기름이라는 뜻으로 부드럽고 매끄러운 살결 따위를 비유한다.
6) 젊음의 윤기를 잃고 메말랐다는 뜻이다.
7) 등불의 심지가 타면서 불똥이 튀는 것은 재물이 생기는 등의 길조로 여겨졌다.

이 도둑놈의 죄업이 가득하니,

하늘은 조금의 사사로움도 받아들이지 않으시니,
염왕이 삼경三更에 죽을 것을 정해 놓았을까 걱정이네,
이놈이 어찌 잠을 자다 죽어서 사지를 온전히 남길 수 있겠는가?
성내의 저자에서 일도양단하고야 말리라!

(당승이 공인公人[8])을 데리고 나와서 유홍을 붙잡는다)

유홍 낭자, 나는 나쁜 짓을 한 적이 없으니 나를 구해주시오.

(부인이 노래한다)

부인 【안아락雁兒落】
신령 같은 관리가 시켜,
호랑이 같은 공인이 왔구나.

유홍 관아에 가서 당신의 일을 말하지 마오. 나도 정분을 맺은 사람이 잖소.

(부인이 노래한다)

부인 내가 입으로 말을 하지 않아도,
당신 스스로 마음 속의 일을 생각해 보시오.

(퇴장한 척 무대 옆으로 물러선다)
(우세남이 단하선사와 함께 등장하여 말한다)

8) 아전을 말한다.

우세남 장로님은 마음 놓으십시오. 이 도적놈을 잡아왔습니다.

(당승이 공인으로 하여금 유홍을 끌게 하여 부인과 함께 등장한다)

부인 저는 은개산의 여식입니다. 제가 이 도적놈에게 해를 당한 일을 상공께서는 이미 아실 것입니다.

(노래한다)

【득승령得勝令】
장로님이 바로 증인이십니다.

유홍 무슨 어린 중놈이 고발을 했다니, 그놈이 누구인가?

부인 하늘의 그물은 하도 크고 넓어서 성긴 듯하나 빠뜨리지 않는다네.[9)]

이 사람은 강물에 떠내려간 아이라네,
오늘 죽었던 풀이 다시 살아나 자란 것이요,
시들었던 꽃이 다시 가지에서 피어난 것이라네.
그때 이미 영웅다운 뜻을 가졌으니,
당신은 생각할 것도 없다네,
당신에게 우리 남편의 죽음을 되갚아 주리라.

(유홍이 진술서를 바친다)

유홍 대인께서 유홍에게 전말을 물으시니, 소인은 강가에서 수적 노릇을 하며 재물만 보면 앞뒤 가릴 것 없이 사람을 해쳤습니다.

---

9) 『도덕경』 제73장에 나오는 구절이다.

진광예는 운이 나빠서 왕안을 시켜 저의 배를 샀습니다. 부인의 고운 모습을 보고 또 그의 재물과 비단이 탐이 났습니다. 주인과 종을 강물에 빠뜨려 목숨을 빼앗고 부인을 배필로 삼았습니다. 어명을 사칭하여 홍주에 이르러 태수가 되었는데 알아본 사람이 하나도 없었습니다. 석 달 뒤에 강류를 낳았는데 강물에 버리게 핍박하였습니다. 그런데 생각지도 않게 다 죽었다가 살아나서 오늘 저와 싸웠습니다. 강류아야, 너는 친아버지를 위해 양아버지를 해치는구나. 이 진술서는 모두 다 진실입니다.

우세남 고아는 즉시 이 도적놈을 데리고,
바로 강가로 가거라.
칼로 저 배를 갈라서,
진광예에게 바치거라.

(현장이 유홍을 데리고 강으로 간다)(향과 등불을 켜고 제문을 읽는다)

당승 정관 이십일 년 봄 삼월 삭일, 아들 현장이 삼가 술과 음식을 준비하여 망고亡考 홍주지부 부군의 영전에 아뢰옵니다. 사람의 부모는 모두 공양을 얻는 것이거늘, 슬프게도 망고께서는 아무런 공양도 받지 못하셨습니다. 고아는 중이 되어 강가에서 복수를 하였습니다. 어머님은 친가로 돌아가시거늘, 아버님의 영혼은 떠돌고 계십니다. 도적을 참하여 바치오니 슬픔을 이기지 못하옵니다. 바람은 소슬하고 물결은 출렁입니다. 희생을 씻어 제기에 올리고 술을 가져와 술잔에 올립니다. 부군께서 영혼이 있으시면 이곳에 강림하소서. 슬프도다, 상향尙饗—.

(부인이 노래한다)

부인 【천발도川撥棹】
강가에 제단을 세우고,
삼생三牲[10]으로 제사를 올립니다.
물살은 철썩이고 바람은 울부짖고,
바람은 버들가지를 흔드는구나.

(용왕과 진광예를 업은 야차夜叉가 함께 등장한다)(부인이 놀라며 말한다)

부인 아, 얘야, 저 멀리 강 위에 네 아버님의 영혼이 오시는구나.

당승 이분이 바로 저의 아버님이십니까?

(부인이 노래한다)

부인 귀리鬼吏들이 들쑥날쑥하며,
억울하게 돌아가신 외로운 수재님을 모시고 오네.
열여덟 해 세월을 겪은 모습은,
나는 창안蒼顔이거늘 그분은 옛날과 똑같으시네.

우세남 아, 기이하도다! 이분은 진광예이신가? 귀신이구나, 귀신이야!

진광예 저는 귀신이 아닙니다. 귀신이 아니올시다.

우세남 귀신이 아니라면 뭍으로 올라오시오.

(서로 만난다)(부여잡고 통곡한다)

---

10) 소, 양, 돼지의 세 가지 희생을 말한다.

부인 상공, 상공께서는 유홍이 밀어 강물에 빠지셨는데 어떻게 살아 오셨습니까?

진광예 나는 전에 물고기를 샀다가 눈을 껌벅이길래 강에 놓아준 적이 있었는데 이 덕분에 용왕께서 나를 수정궁 안에서 열여덟 해 동안 보살펴 주셨고, 관음불께서 나를 양세로 돌아오게 해 주셨소. 이 젊은 스님은 누구신가?

부인 바로 당신의 아들입니다. 오늘 와서 원수를 갚았습니다.

(통곡한다)(우세남에게 사의를 드린다)(부인이 노래한다)

【칠형제七兄弟】
그분이 말씀을 마치시니,
관인官人들이 깊이 생각하더니,
모두 애통하게 탄식하시네.

(관음불이 등장하여 높은 대臺에 올라 말한다)

관음불 여러 관원들은 이 노승이 보이는가?

(모두 절을 올린다)

올해 여름 장안성에는 큰 가뭄이 들었으니 현장을 경사京師에 보내어 비를 기원하여 백성들을 구하게 하라. 내게 오천 사십팔 권의 대장금경大藏金經이 있는데 동토東土에 전하고자 하여 현장이 오기만을 기다리고 있노라.

우 태수는 나의 말을 들어라,
이 노승을 따르면 나라가 평안해질 것이니.
진광예 가족에게 봉증封贈[11]을 내리고,
당 삼장은 서천으로 가서 금경을 얻어오게 해라.

(퇴장한다)
(부인이 노래한다)

부인 구름 위에서 흰옷의 선비가 나타나시고,
저자에서 녹림綠林의 강도를 주살했으니,
소굴에서 붉은 치마 입은 나의 뜻에 당한 것이라네.

【매화주梅花酒】
이 모두가 부처님의 뜻에 따른 것이니,
수부水府 안에서 스승이 되셨고,
마른 땅 위에서 때를 맞으셨으며,
홍진紅塵 세상에서 송사를 벌이셨다네.
저 바다의 용왕은 목숨 구해준 은혜에 보답했고,
젊은 스님은 사연을 말했다네.
열여덟 해 동안 성을 떠나,
성을 떠나 용궁으로 가셨고,
용궁으로 가셔서 그만큼 머무르셨고,
그만큼 머무르고 다시 돌아오셨네.

【수강남收江南】
아!

11) 자손의 영달을 위하여 그 조상에게 恩典을 소급시키는 官爵이다. 생존한 사람에게 내리는 것이 封, 죽은 사람에게 내리는 것이 贈이다.

오늘 송사에서 아이가 이겼으니,
아이는 노 선사님의 은덕을 입었고,
노 선사님은 혜안으로 천시天時를 알아보셨네.
관음불께서는 법지를 내리셔서,
서천의 경권經卷을 가지고 경사로 돌아오게 하셨네.

정명正名[12)]

수적 유홍은 수재秀才를 살해하고,
노 스님은 강류를 구하셨네.
관음불은 인과응보를 말씀하셨고,
진 현장은 대복수를 이루었네.

12) 제1권을 구성하는 네 척의 내용을 각각 한 구절씩 요약한 것이다. 이하 권에서도 마찬가지이다.

제2권

붉은 제단 위의 태양은 푸른 하늘과 짝하고,
아름다운 봄 하늘로 향 연기 높이 피어오르네.
인덕전麟德殿은 온통 부처님 계신 곳 같고,
제천諸天*들이 모두 자신전紫宸殿에 내려오시네.

* 천상계의 모든 天神을 말한다.

제5척 어명에 따라 서천행을 전송하다

(우세남이 등장하여 말한다)

우세남 물건과 사람들이 만리에 통하고,
황풍皇風이 맑고 화목하니 구주九州가 하나라네.
감당甘棠의 부賦[1]를 미처 올리지 못하고,
우선 상림商霖[2]의 첫 공을 바친다네.

소관은 우세남입니다. 관음불의 법지를 받들어 진 현장을 조정에 천거하게 되어 소관이 함께 천자를 뵈었습니다. 경사에 큰 가뭄이 들어 제단을 세워 비를 기원하였는데 현장이 잠시 앉아 있으니 사흘 동안 큰 비가 내렸습니다. 천자께서는 금란金襴의 가사袈裟와 구환九環의 석장錫杖을 내리시고, 경장經藏, 법장法藏, 윤장輪藏에 봉하여 삼장법사라고 부르셨습니다.[3] 성지를 받

1) 甘棠은 『詩經』 「召南」의 편명으로, 백성이 주 召公의 善政을 기려 그가 팥배나무 아래에서 쉬었다 간 일을 노래하며 그의 덕을 칭송한 것이다. 여기의 감당의 부는 신하가 임금의 덕을 칭송하는 노래를 뜻한다.

2) 상나라의 장맛비라는 뜻이다. 상나라 고종이 신하 傅說의 가르침을 마치 가뭄에 장맛비가 내리는 것처럼 여기겠다고 말한 고사에서 나온 말로, 여기에서 商霖은 신하의 공을 뜻하는 말로 쓰였다.

3) 三藏은 통상 經藏, 律藏, 論藏을 통틀어 이르는 말로 쓰인다.

들어 역마를 달려 서천으로 가서 경전을 얻어 동토로 돌아오게 하여 국운의 안강安康과 만민의 낙업樂業을 보장하고자 합니다. 진광예의 18년을 모두 인준하여 중서문하평장사를 수여하고 초국공楚國公으로 특진시키시고, 은씨는 초국부인에 봉하고 공전公田 마흔 경頃[4]을 내려 농사를 지으며 노후를 보내게 하셨습니다. 오늘 성지를 받들어 백관들로 하여금 모두 파교灞橋[5]로 가서 휘장을 세우고 송별연을 베풀고 제반 사화社火[6]로써 삼장의 서천행을 전송하고자 합니다.

(진숙보秦叔寶[7]가 등장하여 말한다)

진숙보 천하를 두고 싸운 지 스무 해,
허리에는 쌍간雙鐧을 차고 제후 자리를 구하네.
노군당老君堂에서 진주眞主를 만나니,[8]
사해四海의 풍진을 북소리 한 번으로 거두도다.

나는 진숙보입니다.

(방현령房玄齡[9]이 등장하여 말한다)

---

4) 1頃은 100畝이다.
5) 장안성 동쪽에 있는 지명으로, 먼 뱃길을 떠나는 사람들을 전송하는 곳이었다.
6) 굿을 하며 벌이는 각종 雜戲를 말한다.
7) 秦叔寶(571?-638)은 이름이 瓊이고 叔寶는 그의 字이다. 齊州 歷城(지금의 山東省 濟南) 사람으로 무공이 뛰어났던 당나라 개국공신이다. 뒤에 尉遲敬德과 함께 門神으로 신격화되었다.
8) 老君은 老子를 말하고 眞主는 唐 太宗 李世民을 가리킨다. 당 高祖 李淵은 자신이 老子 李聃의 후손이라고 내세웠다.
9) 房玄齡(578-648)은 이름이 喬이고 현령은 그의 자이다. 齊州 臨淄 사람으로 책략

방현령 정의征衣를 벗고 자포紫袍로 갈아입으니,
만년의 공훈 위해 반평생 노력했네.
오늘 이미 영주瀛州에 뽑혀 들어갔으니,[10]
변방에서 싸움이 일어날까 두렵네.

저는 방현령입니다.

(서로 만난다)
(악기, 고판鼓板 연주자와 여러 부로父老들이 당승을 따라 등장한다)

당승 칙명을 받들어 서천으로 떠나며 황상을 하직했지만,
가사에는 아직 어로御爐의 향 연기가 남아있네.
기원祇園[11]에서 금경金經을 얻어 돌아와,
한없는 황은에 보답하리라.

소승이 부모님의 원수를 갚은 뒤에 부모님은 영예롭게 귀향하셨고 사부님은 금산으로 돌아가서 원적圓寂하셨습니다. 소승은 장례를 모시고 마음을 다해 심상心喪 삼년[12]을 치르느라 바라던 바를 이루지 못하였습니다. 경사에 이르러 비를 기원하였는데

에 뛰어났던 당나라 개국공신이다.

10) 당 태종은 文學館을 설치하여 瀛館이라고 명명하고 방현령 등 18명의 學士를 뽑아 政事를 자문하고 經典을 연구하게 하였다. 瀛州는 본래 바다 위 三神山의 하나이지만 여기에서는 조정의 文學館을 가리킨다.

11) 인도 코살라국의 수도 슈라바스티에 있었던 사찰인 祇園精舍 즉 祇樹給孤獨園精舍를 말한다. 코살라국의 제타 태자의 원림(Jetavana, 祇陀林)을 수닷타 長者(給孤獨者)가 사들여 精舍를 세워 스승 석가모니의 설법 장소로 삼아서 그렇게 부르게 되었다.

12) 부모가 아니므로 상복을 입지 않고 마음으로 치르는 삼년상을 말한다.

천신을 감동케 하여 도와주시니 사흘 동안 큰 비가 내려 천자께서 크게 기뻐하시고 금란의 가사와 구환의 석장을 내려주시고 삼장법사에 봉하여 서천으로 가서 경전을 가져오라고 하셨습니다. 생각해보면 소승의 목숨은 부처님이 보우해주신 것입니다. 이제 아버님의 원수를 갚고 부모님이 영예롭게 되시고 사부님께 보답하였으니 저는 목숨 바쳐 온힘을 다해 서천으로 가서 경전을 가져오는 것이 평생의 소원을 이루는 것입니다. 오늘 천자를 하직하였으니 바로 길을 떠나고자 합니다.

(여러 사람들이 인사한다)

당승 소승이 무슨 덕과 능력이 있어서 원로 백관과 부로들께서 친히 전송하시게 하겠습니까?

우세남 성지를 받들어 소관 등이 파교에서 휘장을 차렸으니 스님께서는 말에서 내려 연석筵席을 받은 뒤에 떠나십시오. 울지尉遲 총관總管[13]도 전송을 나오기로 했는데 아직 당도하지 않은 것 같습니다.

(울지공尉遲恭이 등장하여 말한다)

울지공 호안편虎眼鞭[14]을 휘두르니 자줏빛 연기 일어나고,
용린검龍鱗劍을 뽑으니 푸른 하늘에 기댈 만했지.[15]

13) 尉遲恭(585-658)을 말한다. 尉遲恭은 字가 敬德이다. 朔州 善陽(지금의 山西省 朔州) 사람으로 당나라의 개국공신이다. 總管은 군사 부문의 장관이다.

14) 虎眼은 소용돌이치는 물결의 무늬를 말한다. 虎眼鞭은 소용돌이치는 채찍의 모습을 형용한다.

15) 龍鱗은 위나라 때 만들어진 명검의 이름으로 여기에서는 명검의 대명사로 썼다.

일찍이 활마滑馬 타고 선웅신單雄信을 주살하여,[16]
당나라 일만 년 기틀을 단단히 세웠다네.

나는 십육대총관十六大總管[17] 울지공입니다. 삼장법사가 서천으로 불경을 가지러 가신다고 들었으니 마땅히 가서 전송해 드렸어야 하지만, 어찌하랴, 금창金瘡[18]이 터져 움직일 수가 없었으니. 오늘 성지를 받들어 백관을 거느리고 반드시 가보고자 합니다. 보십시오, 승니僧尼와 도속道俗, 백관과 부로, 제반 사화가 모두 와 있구나.

또다시 봄 날씨를 맞으니,
교외는 경치가 좋도다.

(노래한다)

【선려仙呂 · 점강순點絳唇】
매화가 남쪽 가지에서 터지니,
봄이 된 지 벌써 두 달이로다.
복사꽃 살구꽃 흐드러져,
그 향기 바람에 날려오는구나.

하늘에 기댈 만한 검은 매우 긴 검을 형용한다.

16) 滑馬는 안장과 고삐가 없는 말이다. 수나라 말엽에 瓦崗寨 군사의 지도자 單雄信이 李世民을 포위했을 때 尉遲恭이 단기필마로 李世民을 구해냈다고 전해진다.

17) 당나라 후기에는 諸王들이 十六宅에 함께 살았고, 울지공은 이들을 총괄하여 관할했다.

18) 날카로운 칼이나 창 따위로 생긴 상처이다.

【혼강룡混江龍】

오늘은 아침 조회가 있으니,
공후와 재상들이 같은 시간에 모인 때라네.
성지를 직접 전하고,
모든 부서를 총괄하여 통솔하네.
붉은 깃털의 조령詔令이 푸른 봉새 타고 전해지고,
어로御爐의 향이 자금紫金 빛깔 사자 입에서 뿜어져 나오네.
친왕과 부마와,
국척國戚과 황족들과,
저 상농공사商農工士들이 다 모여,
옥장식 재갈 당겨 말을 멈추고,
금 술잔에 술을 넘치게 따르네.

당나라 강산이 내가 아니었으면 어찌 태평을 얻었으랴! 오늘 몸이 아프니 벼슬을 한들 무슨 소용이랴!

【유호로油葫蘆】

내가 당나라를 세우고자 싸웠을 때,
하루에 적이 몇 명이나 죽었는지 아는가?
지금은 늙어서 초췌하고 귀밑머리 가늘어져,
나라를 안정시키고자 하는 뜻이,
한 몸 가꾸는 일로 바뀌었다네.
옛날에는 대군을 거느렸건만,
지금은 국사國師께 절을 올리네.
영웅을 억지로 거사居士라고 부르시니,
어찌 천자께 스스로 사직하지 않으랴?

【천하락天下樂】

이 스님은 진실로 복호항룡伏虎降龍의 법력[19]이 있으니,
경사의 모든 제자들이,

향을 사르고 초를 켜고 함께 고치叩齒[20]를 하네.
사화는 귀鬼와 신神이 뒤섞이고,
악기는 관악과 현악이 어우러지며,
파릉 다리 옆이 저자처럼 떠들썩하네.

여봐라, 말을 받아라.

【취중천醉中天】

당번幢幡에 이금泥金[21] 글자로,
'삼장은 대당의 국사國師다'라고 씌어 있네.
종과 북과 징이 길가에서 울리고,
법어法語를 구하는 이들이 차례로 줄서 있네.
모두가 준마의 화려한 안장에 앉은 건아들로,
저 공부자의 글월을 읽었거늘,
그들에게 여래께 절을 올리게 하니,
마디에서 가지가 생겨나는 셈이라네.

(당승을 만난다)

당승 연로하신 군관은 누구십니까?

울지공 제자는 울지경덕입니다. 지금은 십육대총관의 벼슬을 맡고 있습니다. 오늘 성지를 받들어 법사를 전송하러 오고자 했는데 금창이 터져 말을 타지 못하여 늦게 왔습니다. 송행送行의 시詩 한 편을 읊고자 하오니 스님께서 고쳐주시기를 바라옵니다.

---

19) 범과 용을 항복시킬만한 법력이다.

20) 본래는 도교에서 위아랫니를 딱딱 부딪히는 祝告 의식이다. 여기에서는 제자들이 현장에게 예를 표하는 것을 뜻한다.

21) 금박을 아교에 섞은 물감이다.

십만 리 길 얼마나 어려우실까,
모래벌판에서 말씀으로 용을 항복시키리라.
닷새 만에 머리가 하얗게 세어버리겠지,
장안의 달은 떨어지고 한밤의 종소리만 들려오네.[22]

당승 훌륭하고 훌륭하십니다! 소승도 감히 화답하겠습니다.

선심禪心으로 산속의 범을 굴복시키고,
혜성慧性으로 바닷속 용을 항복시키네.
문득 한 번에 깨달음을 얻으니,
오경 종소리에 꿈에서 깨는 듯하네.

(울지공이 노래한다)

울지공 【금잔아金盞兒】
송행시를 읊고 나니,
애를 끊는 노래의 가사 같아서,
생이별하는데도 사별하듯 하는구나.

돌아가신다면,

서른에 숨이 끊어져 더는 생각이 없겠지만,

살아계신다면,

일념으로 멀리 계시는 한을 품으며,

---

22) 唐 李洞의 시 「送三藏歸西天國」과 거의 같다.

천 길로 거미줄을 엮겠지요.

돌아가신다면,

꿈이나 물거품이나 그림자처럼,
언제 다시 오실 때가 있으랴.

당승 노장군의 영웅되심을 많이 들었습니다. 바라옵건대 소승에게도 한번 말씀해 주십시오.

(울지공이 노래한다)

울지공 【상화시賞花時】
오직 나의 입국안방立國安邦의 뜻을 널리 펼쳐,
자비 없이 장수들을 죽이고 병사들을 내쫓았네.
양쪽 군진이 마주했을 때,
울지공의 이름을 말하기만 하면,
그들은 어느새 혼백이 시신에서 떨어졌네.

문기門旗가 걸린 곳에서 양쪽 군사가 대치했습니다.

【요幺】
따그닥 전마 달려 고삐 끌어당기면 적장이 죽었으나,
지금은 힘 빠진 범이 이빨 감추고 동굴을 지키고 있으며,
늙고 병들었는데도 사직하지 못하고,
성지를 받들어 억지로 임무를 맡고 있습니다.
스님께 청하오니 법명을 지어주소서.

당승 군관께서는 이렇게 말씀하시지만 도리어 부처의 싹이 보입니다. 오랜 뒤에 나의 불법佛法은 당신에 기대어 펼쳐질 것이니, 정말이

지 선림禪林 중의 대보大寶입니다. 법명을 '보림寶林'이라고 하는 것이 좋겠으니, 당신의 이마를 어루만져 수기受記합니다.

울지공 고맙습니다, 스님.

(노래한다)

【미성尾聲】

이제부터 불법을 익히고 삼종三宗[23]을 따라,
계율을 주관하고 가람을 세우고,
오로지 스승님의 가르침을 따르겠습니다.
이번에 서천행 십만 리를 가시면,
급히 돌아오셔도 귀밑머리가 실처럼 가늘어지겠습니다.
나는 본래 일개 오릉아五陵兒[24]였건만,
내게 불제자의 모습이 있다고 말씀하시네.

당승 앞으로는 불 같은 성질을 없애고 호방한 기세를 없애고 선심을 지니고 명리名利를 벗어나십시오.

(울지공이 노래한다)

울지공 스님께서 호방한 기세를 없애고,
선심을 지니라고 말씀하시네.

---

23) 보통은 불교의 세 종파를 가리키는 말이지만 여기에서는 三諦를 뜻하는 말로 보는 것이 좋을 듯하다. 三諦는 空, 假, 中을 말한다.

24) 五陵은 漢나라 高帝, 惠帝, 景帝, 武帝, 昭帝 등 다섯 황제의 능묘를 말한다. 능묘를 세울 때마다 부호들을 이곳에 살면서 능묘를 모시게 하였다. 五陵兒는 부호의 자제를 뜻한다.

당승　여러 관군민官軍民들은 들으십시오. 소승이 솔가지 하나를 꺾어 이곳 길옆에 꽂아놓겠으니 잘 살려주십시오. 내가 떠난 뒤에 이 나무는 서쪽을 향할 것인데, 만약 동쪽을 향한다면 소승이 돌아올 것입니다.

우세남　스님, 뿌리가 없는데 어찌 살겠습니까?

당승　소승은 뿌리가 없으나 뿌리가 있게 할 것이요, 상相이 있는 것은 상이 없는 것과 같습니다. 내가 만약 경전을 가지고 돌아오면 나무는 동쪽을 향할 것입니다. 서쪽을 향하는 것은 떠날 때이고 동쪽을 향하면 돌아오는 것입니다.

울지공　스님, 가시는 길에 옥체를 보존하소서.

저희는 해마다 여기에 와서 소나무를 보겠습니다.

(퇴장한다)

우세남　법어를 구한 분이 먼저 돌아갑시다. 우리 신하들은 스님께 법어를 구하여 경계로 삼고자 합니다.

당승　여러 관원들은 소승의 말씀을 들어주십시오.

신하는 충성을 다하고,
자식은 효도를 다하니,
충효가 모두 온전하면,
나머지는 갚을 것이 없다네.

잡인1 스님, 소인은 곡두斛斗[25]를 다루는 사람인데 스님께 말씀을 구하고자 합니다.

당승 음.

열 홉이 한 되요,
열 되가 한 말이라.
태창太倉[26]의 양곡을 다 헤아려도,
마음은 여전히 지치지 않는다네.
만사를 하나같이 보지 말아야지,
자연히 수명이 길어지리라.

잡인2 소인은 저울을 다루는 사람인데 말씀을 구합니다.

당승 이월과 팔월로 봄과 가을이 나뉘고,
한 근은 열여섯 냥이라네.
저울눈마다 이익을 보고자 하여,
물건마다 눈금 올라가는 것을 좋아하네.
저울이 손에 들어왔을 때 공평하게 한다면,
자연히 천지 간에서 오래도록 살리라.

여인 소인은 구멍을 뚫는 사람인데 법어를 구합니다.

당승 구멍을 뚫는다는 일이 무엇이오?

25) 斛은 10斗이다. 斛斗는 부피를 재는 단위이다.
26) 都城의 큰 곡물 창고를 말한다.

(여인이 외설스러운 동작을 한다)

당승 음은 양이 없으면 생겨나지 않고,
양은 음이 없으면 자라나지 않는다네.
음양이 배합하면,
하늘과 땅이 나누어지지 않는다네.
콩은 콩밭이 따로 있고,
보리는 보리밭이 따로 있으니,
콩과 보리를 함께 기른다면,
잡종이라고 부른다네.

에이!

부부의 인륜을 지킬 수 있다면,
구경꾼이 깔보지 못하리라.

사람들 스님, 고맙습니다.

(함께 퇴장한다)

당승 역졸驛卒은 어디에 있는가? 짐 싣는 말을 준비하여 일찍 길을 떠나야겠다.

한 점의 경건한 마음으로 여기에서 출발하여,
오천 권의 묘법妙法[27]을 반드시 가져오리라.

(퇴장한다)

27) 불경을 말한다.

제6척 시골 아낙이 떠들어대다

(장씨張氏가 등장하여 말한다)

장씨 현령께서 청렴하고 밝으시며 판결이 훌륭하시니,
아전들도 아래 시골 사람들을 속이지 않는다네.
해마다 삼 보리 수확 풍성하니,
청향淸香 한 자루로 하늘에 절을 올리네.

저는 조상 대대로 장안성 밖에서 살아왔고 얌전하게 성 옆에서 농사짓고 사는 사람입니다. 오늘 성안에서 서천으로 경전을 가지러 가는 국사國師 당삼장唐三藏을 전송한다는 소식을 듣고 우리 마을의 장왕이壯王二와 반고아胖姑兒[1]가 모두 구경하러 갔습니다. 저도 같이 가려고 했는데 늙은 몸이라 걸음이 자꾸 쳐져서 함께 가지 못하고 돌아왔습니다. 사화社火가 재미나게 열렸다고 하는데 그이들한테 얘기 좀 해달라고 해서 들어보아야겠습니다. 합락아合落兒[2]나 한 그릇씩 주면서 말이지요.

(시골 사내가 먼저 등장한다)(반고아가 등장하여 말한다)

1) 건장한 사내와 뚱보 아낙을 뜻한다.
2) 메밀과 잡곡 등을 섞어 만든 국수이다. 合酪兒라고도 쓴다.

반고아 왕류王留와 반가胖哥[3]는 나를 좀 기다려주소.

(노래한다)

【쌍조雙調 · 두엽황豆葉黃】
반가와 왕류는,
빨리도 걸어가고,
왕대王大 장삼張三도,
제멋대로 가버렸네.
반고아는, 정말이지, 나는,
내외 친척들이 서로 따른다네.
장왕이는 관가를 떠나서,
바로 집으로 가버렸구나.

(만난다)

장씨 돌아왔구료. 무슨 사화를 보았는지 내게 소상히 말해보구랴.

반고아 왕류, 자네가 영감에게 얘기해주소.

장씨 반고아 당신이 자세히 잘 보았으니까 당신이 말해주구랴.

(여인이 노래한다)

반고아 【일왜아마一緺兒麻】
이 반고아가 잘 아는 게 아니라,
벼슬아치들이 나무 작대기[4]를 겹겹이 둘러싸고 있었지.

3) 왕류와 반가 모두 젊은이를 부르는 호칭이다.
4) 당승을 가리킨다.

나무 작대기에는 진짜 눈과 눈썹이 그려져 있어서,
나는 표주박 대가리 조롱박 한 쌍이라고 말했다네.
이 사람은 괴상도 했다네,

당승은 무슨 당승! 영감처럼 가지 말았어야 하는데, 괜히 갔다우.

말할꺼리도 없는 물건인 것 같아서,
괜시리 구경꾼들의 비웃음만 샀다네.

장씨 벼슬아치들은 어떻게 단장하고 그를 배웅하던가?

반고아 우습기만 합디다. 벼슬아치들이 어떻게 차려입었느냐 하면,

【교패아喬牌兒】
하나같이 손에는 하얀 나무토막[5]을 들고,
몸에는 자주색 배답背褡[6]을 걸쳤다네.
흰 돌멩이하고 누런 구리조각[7]을 허리춤에 매달고,
두 다리는 검정 단지 안에 서 있는 것 같았다우.

장씨 그건 조화皂靴[8]라네.

(여인이 노래한다)

반고아 【신수령新水令】
벼슬아치들은 허리 굽히고 고개 숙여서,

5) 笏을 가리킨다. 이하는 관리들의 모습을 처음 본 시골 여인의 눈에 비친 묘사이다.
6) 소매 없는 윗옷이다.
7) 허리 장식이다.
8) 관리가 행사에 참석할 때 신는 검은색 신이다.

술에 몽땅 취한 것처럼 이마가 땅을 만나버렸다네.

장씨 당승에게 절을 한 것일세.

(여인이 노래한다)

반고아 삐리삐리 죽관竹管을 울리고,
딱딱 둥둥 우피牛皮를 두드렸다네.[9]
멍청한 놈 몇 녀석이,
고함을 치고 소란을 피웠다네.[10]

【안아락雁兒落】
하나는 흰 얼굴에 분을 바르고,
붉은 띠로 번지르르한 머리를 묶고서,
웃다가 몽둥이로 두들기고,
밭둑만큼 뛰어올라 재주를 넘었다네.

장씨 그건 원본院本[11]을 한 것일세.

(여인이 노래한다)

반고아 【천발도川撥棹】
더 우스운 것은,
내가 피식 웃은 것은,
한 사내가 나무를 깎아 두 다리를 만든 것이라네.[12]

---

9) 竹管은 피리, 牛皮는 북을 말한다.
10) 雜戲를 한 모습을 말한다.
11) 金元 시대에 성행한 우스개 공연의 종류이다.
12) 高蹻를 말한다. 두 다리를 나무막대기에 묶고 걸어가면서 연기를 하는 기예이다.

또 회회回回[13] 몇 명이,
깃발 춤을 추면서,
쌀라쌀라 입으로 뭐라고 하면서,
귀신 흉내를 내었는데,
사람이 많아서 나는 자세히는 못 봤다네.

【칠제형七弟兄】

나는 여기저기를 뚫고 들어갔지만,
이 몸뚱이를 가눌 수가 없었다우.
유독碌碡[14]을 앞에 굴려다 놓고,
발로 밟고 올라서서 겨우 모습을 볼 수 있었으니,
온갖 모습으로 차려놓고 천 가지로 놀이를 했다우.

영감, 재미있지요? 한 사람이 문짝을 몇 개 가져와서 작은 집을 하나 만들었다우. 비단 조각으로 줄 든 사람을 가리고 나무 깎아 만든 쬐그만 사람을 매달아 들었다우.

【매화주梅花酒】

그걸 사람들은 무슨 괴뢰傀儡라고 불렀고,
검은 줄로 울긋불긋한 것을 들어올렸는데,
사람 모양으로 꾸몄다네.
휘익 휘파람 소리가 일어나고,
둥둥 북소리가 재촉하니,
한 사람이 큰 깃발을 펄럭였다네.
그들은 앉아서 밥을 먹고,
나는 서서 잔치를 구경했다네.

---

13) 回教 즉 이슬람교를 믿는 사람을 가리킨다.
14) 탈곡 등에 쓰는 농기구이다.

두 다리는 뻣뻣하게 굳어가고,
뱃속에서는 봄 우레 같은 소리가 났지.

【수강남收江南】

아!
앉아있을 때는 모르지만 일어서면 배가 고프다더니,
갈 때는 신나게 갔다가 돌아올 때는 천천히 온다더니,

한참을 얘기했더니 배가 고프네그려.

신자면籸子麵[15]과 합락아에 파와 부추를 넣었구나.
어느새 해가 서쪽으로 기우니,
그야말로 "앉아서 노는 사이에 꽃 그림자가 금세 움직인"[16] 것이로구나.

온종일 보고 왔더니 생계를 망쳤다우.

【수살隨煞】

비가 내려 참깨밭에 두루 미쳤으니,
나는 저 구마지漚麻池[17]로 가서 씻어야겠네.
당 삼장이 오늘 출발한 이야기를,
반고아가 처음부터 다 얘기했다네.

15) 밀기울로 만든 국수이다.
16) 명대 소설 『수호전』 제2회에 거의 같은 구절이 있다.
17) 삼을 담그는 연못이다. 後趙의 임금이 된 石勒이 임금이 되기 전에 이웃에 살던 李陽과 서로 이 연못을 차지하려고 치고받으며 싸웠다고 한다. 여기에서는 보통의 연못을 가리키는 말로 쓰였다.

제7척 목차가 말을 팔다

(신장神將이 용군龍君을 이끌고 등장한다)

용군 태평한 전당錢塘은 온통 봄인데,
축융祝融이 자금紫金 빛 수레를 나란히 몰고 가네.[1]
하늘 태우는 불을 잘못 내뿜어,
하마터면 여산驪山 꼭대기의 먼지로 변할 뻔했네.

소룡小龍은 남해 화룡南海火龍이오. 비 뿌리는 일에 차질을 빚어 옥제玉帝가 소룡을 참룡대斬龍臺로 보내어 처벌하려고 하니 누가 나를 좀 구해주오!

(관음이 등장하여 말한다)

관음 누가 왔는가?

(용이 큰소리로 외친다)

용군 자비로우신 부처님, 제자를 구해주십시오.

1) 祝融은 불의 신이고 금 수레는 태양을 가리킨다.

관음　무엇 때문에 왔는가?

용군　소성小聖은 남해 사겁타沙劫駝 노룡의 셋째 태자입니다. 비 뿌리는 일에 차질을 빚어 참수될 처지입니다. 부처님께서 어떻게라도 이 제자를 구해주십시오!

관음　신장은 잠시 멈추어라. 노승이 그대와 함께 옥제를 만나러 가서 이 용군을 구하고자 하느니라.

(퇴장한다)
(관음이 등장하여 말한다)

관음　길에서 노룡의 셋째 태자 화룡을 만났는데 비 뿌리는 일에 차질을 빚어 참수당할 처지에 있었습니다. 노승은 바로 구천九天으로 올라가서 옥제께 상주하여 이 신룡을 구조하여 백마白馬로 변하게 하고, 당승을 따라 서천으로 가서 경전을 지고 동토로 돌아온 연후에 다시 남해로 돌아가 용이 되도록 했습니다. 나의 법지法旨를 전하여 목차木叉[2] 행자를 말 파는 객상으로 변하게 하여 용군을 당승에게 보내어 경전을 옮기게 하라.

화룡이 불법을 지키고자 서천으로 가서,
백마가 경전을 지고 동토로 돌아오리라.

(퇴장한다)
(당승이 역부驛夫를 이끌고 등장하여 말한다)

---

2) 托塔天王의 아들 哪吒의 형이다. 木吒라고도 한다.

당승 선재로다, 선재! 장안을 떠나온 지 반년이 되었구나. 길에 역참이 있는데 지금은 마참馬站은 없고 우참牛站만 있는 데다가 근래에는 이 우참마저도 적어지는구나. 화외化外[3]의 변경에 이르렀는데 앞으로 가면 무슨 역참이 있는지 모르겠도다.

역부 스님, 한 달 더 가면 여참驢站이 나오고, 여참에서 한 달을 더 가면 서쪽 오랑캐 탁발侂鈸[4]의 땅에 구참狗站이 나옵니다. 또 구참에서 다시 한 달을 더 가면 포참炮站이 나옵니다.

당승 포참이라는 것은 무엇이냐?

역부 나무 기둥 여섯 개로 틀을 하나 만들고 긴 나무 기둥 하나로 대포 통을 만들고 통에 큰 가죽 자루를 하나 놓고 나무 기둥 끝에 일만 근의 철추鐵鎚를 떨어뜨립니다. 사신이 오면 붙잡아서 거꾸로 끈으로 묶어 대포 통에 집어넣은 다음 망치로 관려關捩[5]를 때리면 한번 쏘아서 십 리를 보낼 수 있습니다. 스님, 스님의 민머리를 대포를 쏩시다.

당승 겁나는 이야기로다. 어떻게 하면 멀리 갈 수 있는 말을 얻을까? 돈 몇 푼이든 따지지 않고 의발衣鉢을 다 팔아서라도 말을 사서 지고 옮기면 대포로 소승을 쏘아 보내는 일은 하지 않아도 될

---

3) 보통은 불교의 교화가 미치지 못하는 곳을 뜻하지만, 여기에서는 중국의 관할 밖의 땅을 가리킨다.

4) 拓拔氏를 말한다. 다만 拓拔氏는 위진남북조 시대 鮮卑의 일파였고 5세기 말엽에 北魏 孝文帝의 漢化 정책에 따라 元氏로 바뀌었다. 따라서 唐僧과 拓拔氏가 함께 등장하는 것은 실제에 부합하지 않는다.

5) 물체를 격발시키는 장치이다.

것이네.

역부 이곳에 어찌 말을 파는 사람이 있겠습니까요?

(목차 행자가 등장하여 말한다)

목차 나는 관음의 제자 목차 행자입니다. 부처님의 법지를 받들어 화룡을 백마로 변하게 하여 당승에게 가서 주려고 합니다. 명마로다!

(노래한다)

【남려南呂 · 일지화一枝花】

대완국大宛國[6]의 말처럼 하늘이 내린 재목이요,
악와수渥洼水[7]의 말처럼 용이 변한 종자로다.
눈처럼 하얀 경운輕雲[8]을 몰고,
지는 해 향해 네 발굽으로 바람처럼 달리네.
옥빛 꼬리와 은빛 갈기에,
장수 두 명 태우고도 무거워하지 않고,
우뚝하게 뛰어나서 큰 공을 세우리라.
보현普賢[9]의 커다란 흰코끼리보다도 훌륭하고,
사리師利[10]의 용맹한 청사자보다도 뛰어나다네!

6) 古代 西域 36國 중의 하나로, 지금의 우즈베키스탄 동부의 페르가나를 중심으로 한 지역이다. 名馬의 산지로 유명하다.
7) 甘肅省 安西縣에 있는 물 이름이다. 漢 武帝가 이곳에서 神馬를 얻었다고 전한다.
8) 명마의 이름이다. 여기에서는 용이 변한 白馬를 가리킨다.
9) 석가모니의 右脇士로, 흰코끼리를 타고 다녔다고 한다.
10) 文殊師利菩薩 즉 文殊菩薩이다. 석가모니의 左脇士로, 청사자를 타고 다녔다고 한다.

【양주제칠梁州第七】

백락伯樂[11]이 아니면 누가 명마를 알아보랴?
유루劉累[12]가 있었기에 진룡眞龍을 길렀다네.
부처님의 말씀과 옥제의 칙지를 받들어 용군을 보낸다네.
진秦나라의 사슴[13]에 비할 바 아니요,
진晉나라의 성공수成公綏[14]와도 비할 바 아니라네.
고승에게 주어 걸음을 대신하게 하리니,
미녀들이 따르는 것과도 바꿀 수 없으리라.
구일九逸 이끌고 환궁한 일[15]은 말하지도 말고,
팔준八駿 타고 허공으로 날아오른 일[16]도 말하지 말지니,
이 말은 일찍이 청계靑溪를 뛰어넘어 촉왕蜀王을 구했고,[17]
자맥紫陌으로 갔다가 새옹塞翁에게 돌아왔으며,[18]
오강烏江에 이르러 중동重瞳을 버린 적도 있다네.[19]
보타사普陀寺를 떠나,
천리 길 비공飛鞚[20] 타고 구름처럼 날아가니,

11) 춘추시대 秦나라 사람으로 말 감별에 뛰어났다.
12) 夏나라 孔甲 시대에 龍을 길들였던 사람이다.
13) 秦의 환관 趙高가 사슴을 가리켜 말이라고 했다는 指鹿爲馬의 고사를 가져온 것이다.
14) 晉의 成公綏는 東郡 白馬 사람이었다.
15) 九逸은 명마 아홉 필을 말한다. 漢 文帝가 代州에서 천하의 명마 아홉 필을 얻어 長安으로 돌아왔다고 한다.
16) 八駿은 명마 여덟 필을 말한다. 周 穆王이 준마 여덟 마리가 이끄는 수레를 타고 천하를 순행하였다고 한다.
17) 삼국시대 劉備의 盧馬가 襄陽城 밖의 檀溪를 뛰어넘어 추격병을 따돌리고 피신한 일을 말한다.
18) 북방의 변경에 살던 노인이 말을 잃어버려 실의에 빠져 있었는데 얼마 후 그 말이 胡馬들을 이끌고 돌아온 일을 말한다. 紫陌은 郊外의 길을 말한다.
19) 項羽가 劉邦과의 싸움에서 패하여 자신이 타던 烏騅馬를 버리고 烏江에서 자결한 일을 말한다.

음악 소리 울려 퍼지는구나.
저 멀리 먼지 속에 사람들이 보이는데,
알고보니 삼장 사형師兄이로다.

말 팝니다, 말 팔아요!

당승 그대는 어디에서 왔소?

목차 장안에서 왔습니다. 돌아가고자 하는데 노자가 없어서 이 말을 팔고자 합니다.

당승 이 말이 쓸만하오?

(목차가 노래한다)

목차 **【목양관牧羊關】**

보시구려, 이 말은 머리부터 꼬리까지 한 길이고,
발굽부터 갈기까지 여덟 자이며,
한 번 울면 다른 말들이 모두 달아나오.
표월오豹月烏[21]보다도 똑똑하고,
홀뢰박忽雷駁[22]보다도 용감하다오.
오색 털도 없고 반점도 없이,
온통 옥처럼 영롱하다오.
모습은 흰 구름 아래 드러나고,
소리는 밝은 달 속에 전해진다오.

---

20) 빨리 달리는 말이다. 韉은 본래는 재갈이라는 뜻이다.
21) 삼국시대 張飛의 말 玉追의 별명이다.
22) 당나라 장수 秦瓊이 탄 명마이다.

당승　성질은 어떠하오?

목차　제가 말씀드리지요.

【격미隔尾】

대낮에는 청사靑絲 재갈을 풀지 말 것이고,
한밤에는 물풀 놓은 대그릇이 필요 없으며,
여물 자르개는 쓸 필요가 없다오.
갈 때는 잡아당기고,
쉴 때는 풀어놓으면 되니,
십이천十二天[23]이 놀다가 에워싸게 하는 것보다도 쉽다오.

당승　이 말은 먼 길을 갈 만한 힘이 있소?

(목차가 노래한다)

목차　【목양관牧羊關】

일찍이 삼족금오三足金烏의 굴窟[24]과,
사제옥토四蹄玉兎의 궁궐[25]에 갔었고,
은하銀河의 물풀을 먹을 만큼 신통하다오.
진晉나라 지둔支遁[26]처럼 목숨 돌보아주고,
주周나라 희만姬滿[27]처럼 마음으로 아낄 만하다오.

---

23) 불교의 열 두 호법신으로, 上下와 日月과 여덟 方位를 합친 것이다. 곧 梵天(상), 地天(하), 月天, 日天, 帝釋天(동), 火天(동남), 焰摩天(남), 羅刹天(서남), 水天(서), 風天(서북), 毘沙門天(북), 大自在天(동북) 등이다.

24) 해를 말한다.

25) 달을 말한다.

26) 晉나라 佛僧으로, 말을 좋아하였다고 한다.

27) 周 穆王으로, 준마를 타고 서쪽의 犬戎, 동쪽의 徐戎 등을 정발하고 천하를 순행하였다.

당승 값은 얼마나 하오?

(목차가 노래한다)

목차 연성벽連城壁[28]만큼 높으니 사겠다고 말하지 마오,
천금의 값을 어찌 감당하겠소?

당승 그렇다면 소승은 살 수가 없겠소. 그 많은 돈을 어디에서 얻겠는가?

목차 당신에게 외상으로 주면 어떻겠소?

당신이 타고 우선 이곳을 떠나가서,
경전을 싣고 동쪽으로 돌아오시구려.

당승 서로 알지도 못하는 사이인데 어찌 내게 외상으로 주겠다는 말이오?

목차 나를 아시오?

당승 모르오.

목차 나는 범인凡人이 아니오. 관음불의 수제자 목차라는 사람입니다. 이 말도 보통 말이 아니오. 바로 남해 노룡의 셋째 태자 화룡인데, 비 뿌리는 일에 차질을 빚어 법으로는 참수해야 마땅하나 관음불께서 옥제께 상주하여 그를 백마로 변하게 하여 그대에게 주

28) 여러 城의 값어치에 상당하는 玉이다. 和氏之璧이라고도 한다.

어 걷지 않고 경전을 싣고 오게 하였소.

당승 어찌 이런 일이 있을까?

목차 믿지 못하겠다면 그대에게 본래 모습을 보여주겠소.

(말이 퇴장한다)
(용왕으로 분하여 등장하여 말한다)

용왕 부처님께서 이 제자를 찾으셨습니까?

(목차가 노래한다)

목차 【투하마鬪蝦蟆】
금빛 갑옷과 흰 전포戰袍가 찬란하니,
은빛 차림에 보검을 빗겨 들고,
무서운 모습을 드러냈구나.
하늘로 솟고 땅으로 들어가니 기세가 웅장하고,
고갯마루를 흔들고 산을 뽑으니 위세가 장중하며,
바위를 떠나고 굴을 나오니 안개가 자욱하고,
바다를 휘젓고 강을 뒤집으니 바람이 거세구나.
커지면 태공太空을 다 막아버리고,
작아지면 산 틈으로 숨어든다네.
구름이 덮히고 비가 뒤따르니,
계곡과 연못,
강江, 하河, 회淮, 맹孟[29]에서,
신통함이 드러나 빛나네.
옛말에 가장 나쁜 것은 용이라고 했으니,

29) 孟渚를 말한다. 지금의 河南省 商丘市 동북쪽에 있던 古澤이다.

아!
사형은 이제부터는 눈썹 치켜뜨지 않아도 되겠네.
용마를 타고,
무리를 이끌고,
고난을 겪고,
솔가지가 동쪽을 향할 때,
이곳에 와서 상봉합시다.

사형께 고합니다. 조심하여 가십시오. 우리 스승님이 미리 당신을 위해 제자를 하나 찾아두었는데, 그가 화과산花果山에서 기다리고 있습니다.

【미尾】
당신은 유선몽遊仙夢에 들 듯이 서쪽으로 가고,
나는 다시 창해 속으로 돌아가고자 남쪽으로 가리라.
앞길에 가서,
놀라거나 두려워하지 마시오.
산 귀신이 있고,
범이 있고,
원숭이가 있고,
말곰이 있을 것이오.
이제 용군을 놓아주어 스승님을 받들게 하여,
화과산의 어지러운 봉우리에 이르러,
오공悟空을 만나,
경전을 가지고 돌아와서 은총을 받으리라.

제8척 화광천왕이 보우를 다짐하다

(관음이 게제揭帝[1])들을 이끌고 등장하여 말한다)

관음 노승은 당승의 서천행을 위해 옥제에게 상주하여 시방十方의 보관保官들을 바다 밖 봉래蓬萊 삼도三島[2])에 모이게 했습니다. 첫째 보관은 노승이고 둘째 보관은 이천왕李天王[3])이고 셋째 보관은 나타삼태자那吒三太子[4])이고 넷째 보관은 관구이랑灌口二郎[5]) 이고 다섯째 보관은 구요성신九曜星辰[6])입니다. 여섯째 보관은 화광천왕華光天王[7])이고 일곱째 보관은 목차 행자이고 여덟째

---

1) 불교 護法神으로, 揭諦神(Caturmahārājakayikas)의 약칭이다. 五方揭諦라고도 한다. 五方揭諦는 金頭揭諦, 銀頭揭諦, 波羅揭諦, 波羅僧揭諦, 摩訶揭諦 등이다. 여기에서는 여러 保官들을 가리킨다.
2) 蓬萊는 동해 밖에 있다는 전설상의 세 산 중의 하나이다. 나머지는 瀛洲, 方丈이다. 蓬萊 三島는 여기에서는 蓬萊山을 가리킬 것이다.
3) 托塔天王이라고도 한다. 불교 四天王 중 하나인 多聞天王의 화신으로 본다. 민간에서는 당 초엽의 名將 李靖이 신격화된 것으로 보기도 한다.
4) 李天王의 아들이다.
5) 灌口는 지금의 四川省 都江堰市이다. 二郎은 秦나라 때 부친 李冰과 함께 都江堰을 만들어 치수에 공을 세운 李冰의 둘째 아들을 가리킨다. 二郎神 전설은 이후 여러 시대와 지역에 걸쳐 다양한 사람들을 주인공으로 하여 나타났다.
6) 해, 달, 금성, 목성, 수성, 토성, 화성, 羅睺星, 計都星을 가리킨다.
7) 전설 속 南方의 火神이다.

보관은 위태천존韋馱天尊[8]이고 아홉째 보관은 화룡태자火龍太子이고 열째 보관은 회래대권수리回來大權修利[9]입니다. 이들은 모두 당승을 보호하여 여행을 무사히 마치게 할 것입니다. 문서를 써서 제천諸天에게 수결을 하게 했는데 모두 수결을 했지만 화광천왕만 아직 안 왔습니다. 지금쯤 올 때가 되었습니다만.

(화광이 등장하여 말한다)

화광 불佛, 도道 양교에서 정신正神으로 세워지니,
마귀를 항복시키고 법을 호위하며 독존獨尊하도다.
화부火部 삼천만을 몰고 가니,
바야흐로 남방의 병정丙丁 자리[10]에 올랐도다.

나는 부처 중에서도 상선上善이고 천하의 정신正神이로다. 관음불이 부르시니 가 보아야겠네.

(노래한다)

【정궁正宮 · 단정호端正好】
십대 보관을 보내시니,
구요성군과 함께 내려가서,
당승을 길에서 보호하리라.
부처님의 첩지와 옥제의 칙지를 모두 받아,

---

8) 불교의 호법신이다. 四天王 휘하의 神將 32명 중의 우두머리로, 남방의 增長天王의 8대 神將 중 하나이다.

9) 불교의 호법신이다.

10) 丙과 丁은 五行으로는 火에 해당하고 방위로는 남방에 해당하며 계절로는 여름에 해당한다.

서천 가는 길에서 마장魔障들을 거두리라.

【곤수구滾繡毬】

선령왕宣靈王[11]이 화부火部를 몰고 다니고,
호 총관胡總管[12]이 화율火律을 관장하고,
불 까마귀가 울어 천상을 놀래키고,
불 표주박을 주르륵 기울여 멀리 사방을 밝히네.
불 구슬 오백 개를 소매에 넣고,
불 바퀴 한 쌍을 굴리고,
불 호리병을 사광師曠[13]의 몸에 단단히 묶고,
이루離婁[14]로 하여금 금창金槍을 잡아끌게 하네.
신들은 화광장華光藏이라고 부르시고,
불회佛會에서는 묘길상妙吉祥이라고 부르시니,
정심수법正心受法의 천왕天王이로다.[15]

【당수재儻秀才】

옥황전의 금 벽돌을 내가 가지고,
후토사后土祠의 경화瓊花를 내가 감상하며,
천궁天宮에 소란을 한바탕 일으켰다네.
창으로 네 게제를 찔러 쓰러뜨리고,
벽돌로 여덟 금강을 쳐서 넘어뜨리고,
뭇 신령들의 항복을 받았지.

---

11) 火神의 이름이다. 여기에서는 華光天王의 부하로 등장하고 있다.
12) 火神의 이름이다. 역시 화광천왕의 부하이다.
13) 고대의 맹인 樂師이다. 여기에서는 화광천왕의 부하이다.
14) 고대의 눈 밝은 사람이다. 여기에서는 화광천왕의 부하이다.
15) 定心하여 邪亂을 벗어난 것이 正이고, 무념무상의 경계에서 法을 마음에 받아들이는 것이 受이다.

【곤수구滾繡毬】

천궁에 올라가 옥황 앞에서 소란을 피웠지만,
하계로 내려가서 제왕을 보호하여,
그분의 나라에 재앙 없고 서민들 무강하게 보우하리니,
이 때문에 위령威靈을 감동시켜 해마다 향을 사르리라.
나는 저 오악五嶽을 우습게 알고,
오기五氣를 관장하니,
오온신五瘟神[16]이 온 천지로 보내지리라,
오음五音 중에 치음徵音만 유독 길고,
오성五星 중에 나를 남쪽 하늘에 앉히고,
오방五方 중에 나를 직분을 떠나 숨게 하니,
어느 누가 모르랴, 오현五顯[17]이 높고 강함을.

(관음을 만난다)

관음 천왕, 노승이 오늘 우두머리가 되어 십대 보관을 모이게 하여 서천으로 가는 당승을 보우하게 하였소. 여러 선성仙聖들의 생각은 어떠하오?

(화광이 노래한다)

화광 【매골타呆古朶】

관음불께서 문서를 만들어 수결하게 하시어,
제천諸天을 한곳에 모아놓고 상의하셨다네.
보전寶典은 영취산에 간직되어 있으니,

16) 사람의 질병을 주관하는 신이다.
17) 火神의 이름이다. 본래는 중국 강남 지방의 민간에서 신봉한 邪神으로, 五通神, 五郎神, 五猖, 五顯靈官 등으로도 부른다. 여기에서는 화광천왕을 가리킨다.

이 진승眞僧이 대당大唐을 떠나게 하셨다네.
산수는 넓고 요괴는 많고,
길은 멀고 마장은 많다네.
이 때문에 여러 선성들이 낭원閬苑[18]을 떠나고,
제신諸神이 하계로 내려가게 되었다네.

【소화상笑和尙】

이랑신은 신통함이 광대하고,
오현성五顯聖은 병장兵將들을 몰고 다니네.
검 붙잡아 고리 흔들며 영웅의 모습을 드러내어,
가는 길 내내 당삼장을 보호하리라.
콰르릉대는 우레와 번쩍하는 번개가 하늘에서 내려와,
마왕들을 억눌러 움직이지 못하게 하리라.

【반독서伴讀書】

나, 나, 나는,
금창金槍을 휘두르는 법력이 강성하고,
당신, 당신, 당신은,[19]
보저寶杵를 들고 위풍이 당당하십니다.
뭇 신령들은 그를 보호하여 무사하게 할 것이고,
당신, 당신은,
하늘을 떠나실 것입니다.
그, 그는,
서방으로 가리니,
나는 길마다 그를 보호하여 재난을 물리치리라.

---

18) 신선이 사는 곳이다.
19) 관음을 가리킨다.

【미尾】

제불諸佛과 뭇 신령들은 겸양이 많으니,
모두 우리 스승님의 주관하심에 달려있을 것입니다.
금경金經을 보호하여 복이 무량하리니,
화과산으로 가서 다시 찾아뵐 것입니다.

정명

당상잠은 장도에 오르고,
시골 아낙은 어리석고 고집스러웠다네.
목차는 화룡마를 보내오고,
화광은 보덕관寶德關[20]을 내려가네.

20) 華光이 있는 南天門을 가리킨다.

제3권

희화羲和*가 빛을 발하니 하늘이 맑고,
연회가 막 열릴 제 온갖 꽃들이 만발하네.
구름 속에 아득히 황금빛으로 나타나시니,
해 아래에서 백옥경白玉京**을 우러르며 사모하네.

* 해를 몰고 가는 신으로, 뜻이 확장되어 해를 뜻하기도 한다.
** 도교에서 天帝의 거처를 가리킨다.

제9척 관음이 손행자를 항복시키다

(손행자孫行者가 등장하여 말한다)

손행자 처음 하늘과 땅이 열리고,
양의兩儀[1]가 나누어질 때 내몸이 생겼고,
삼계三界[2]를 위해 일찍이 정신을 쏟으니,
사방四方의 신도神道들이 두려워하네,
오악五嶽의 귀병鬼兵들이 진노하고,
육합六合[3]의 건곤乾坤이 어지럽네,
칠명七冥의 북두성이 분별되기 어려우니,
팔방八方의 세계에서 어느 누가 존경받는가,
구천九天은 나를 붙잡기 어렵고,
십만十萬의 마군魔君들을 통솔하네.

소성小聖은 형제자매가 다섯 명으로, 큰누이는 여산노모驪山老母[4]이고 둘째누이는 무지기성모巫枝祇聖母[5]이며, 큰형님은 제

1) 음과 양, 곧 하늘과 땅을 말한다.
2) 이 작품에서 三界는 대부분 고뇌가 가득 찬 이 세상을 가리킨다.
3) 우주를 말한다. 천지와 사방을 합한 것이다.
4) 殷周 시대에 天子가 되었다는 驪山의 여자이다. 唐宋 시대 이후 신선으로 높여 불렀다고 한다.

천대성齊天大聖이고 소성은 통천대성通天大聖이고 막내는 사사삼랑耍耍三郎이라네. 기쁠 때는 등나무 칡덩쿨을 올라가고 화날 때는 바다를 휘젓고 강을 뒤집지. 금정국金鼎國의 여자를 내가 부인으로 삼고 옥황전의 경장瓊漿[6]을 내가 얻어 마셨다네. 나는 태상노군太上老君이 만들어낸 금단金丹을 훔쳐내어 아홉 번 단련하여 구리 힘줄에 무쇠 뼈, 불 눈에 금 눈동자, 놋쇠 똥구멍에 주석 두른 양물을 얻었지. 나는 왕모王母의 선도仙桃 백 개와 선의仙衣 한 벌을 훔쳐서 옷은 부인에게 입혀주었지. 오늘 선의를 입고 경축하는 모임을 한다네.

(퇴장한다)
(이천왕李天王이 등장하여 말한다)

이천왕 백만 천병天兵이 모두 투항하니,
금탑을 높이 들고 북방을 진무하네.
사해에서 모두 이름과 성을 아나니,
비사문毗沙門 이천왕이라네.

소성은 이천왕이오. 서지왕모西池王母가 선의 한 벌과 은사장춘모銀絲長春帽 한 개와 선도 백 개를 잃어버렸는데, 어떤 요괴가 훔쳐갔는지 모르겠으나 내가 옥제의 칙령을 받들어 찾아내어 붙잡고자 하오. 천병을 점검하여 하계로 내려보내야겠다. 대소 삼

5) 무지기는 淮水의 水神으로 형상은 원숭이인데, 힘이 세어 물살을 일으켰다고 한다. 우 임금이 치수 사업을 할 때 회수를 지나다가 무지기를 만나 쇠사슬로 묶어놓았다고 한다.
6) 신선이 마시는 음료수이다. 맛 좋은 술을 뜻하기도 한다.

군은 나의 호령을 듣거라!

짙은 먹구름 속에서,
시커멓고 푸른 안개 속에서,
오방의 병사들은 창칼을 들고,
사대 신주四大神州는 모두 복종하라.

팔백만 천병들을 점호하고, 수천 명 신장神將들을 이끈다네. 자운라동紫雲羅洞으로 가서 곧장 화과산 속으로 가라. 각목교角木蛟, 두목해斗木獬, 규목랑奎木狼, 정목안井木犴은 동방을 차단하라. 진수인軫水蚓, 기수표箕水豹, 삼수원參水猿, 벽수유壁水貐는 북쪽 변방을 방비하라. 실화저室火猪, 익화사翼火蛇, 자화후觜火猴, 미화호尾火虎는 남방을 끊어내라. 귀금양鬼金羊, 우금우牛金牛, 항금룡亢金龍, 누금구婁金狗는 서역을 격절하라. 유토장柳土獐, 여토복女土蝠, 저토맥氐土貉, 위토치胃土雉는 중앙을 방어하라. 필월오畢月烏, 위월연危月燕, 장월록張月鹿, 심월호心月狐는 상하를 방비하라. 묘일계昴日鷄, 방일토房日兎는 고저를 정찰하라. 성일마星日馬, 허일서虛日鼠는 원근으로 쫓아가라. 대소 신장들은 나의 아들 나타에게 달려가서 보고하라. 하방을 철저히 막고 사방을 틈없이 둘러싸게 하라. 이 호국천왕護國天王[7]이 반드시 통천대성을 붙잡는 것을 보라.

(퇴장한다)
(나타那吒가 졸개를 이끌고 등장하여 말한다)

7) 이천왕을 가리킨다.

나타 처음에 천지가 나를 낳은 뒤로,
양친께서 가르쳐주셔서 능력이 많아졌네.
상투 세 개마다 진주가 달려있고,
단장한 띠 네 개에는 금상자와 마노가 있네.
오방신은 나의 통제를 받으니,
육합 중에 내가 가장 강성하네.
칠보 절굿공이는 옥을 박고 금으로 단장하고,
팔판구八瓣球[8]에는 꽃수를 놓았다네.
구중九重의 천궐天闕에서 병사들을 통솔하니,
십만 마왕의 도원수라네.

나는 비사천왕毗沙天王의 셋째 아들 나타라고 하오. 지금은 팔백억만八百億萬의 통귀병도원수統鬼兵都元帥를 맡고 있소. 옥제의 칙지와 부왕의 명을 받들어 선의와 선주仙酒를 훔친 요마를 뒤쫓아 붙잡고자 하오. 어떤 신령이 보고하기를 화과산 자운라동 주인 통천대성이 훔쳤다고 하니 오늘 바로 하계로 내려가 보고자 하오.

(퇴장한다)
(금정국 왕녀가 등장하여 말한다)

왕녀 저는 화륜火輪 금정국왕의 딸입니다. 통천대왕에게 납치되어 화과산 자운라동 안에 있습니다. 쓰임을 받지 못하게 될지 두려운데, 부모님의 얼굴을 뵙지 못하면 어찌할까? 정말 괴롭구나.

8) 꽃잎 여덟 개가 수놓인 공이다.

(노래한다)

【선려仙呂·팔성감주八聲甘州】

구름에 가려 산은 희미한데,
아래에는 황천黃泉이 숨어있고,
위로는 청천靑天에 닿아있다네.
새벽에 와서 산에 올라 바라보니,
눈앞에 경치가 두루 다가오네.
석굴 안에 구름이 일어나니 맑은 이슬이 차갑고,
버들가지에 한기가 드니 가을 기운이 높구나.
고국으로 가는 길은 멀기만 하여,
애한哀恨이 눈썹 끝을 누르는구나.

【혼강룡混江龍】

내가 잘나지 못해,
이 조삼모사 당한 이[9]와 맺어졌다네.
산과山果를 늘어놓고,
향주香酒를 준비하였네.
생황 노래 들으며 어주御酒를 마시니,
정말이지 "구중궁궐의 봄빛이라 선도仙桃처럼 취했네."[10]
산빛은 밝고 곱고,
버들잎은 보드랍고,
꾀꼬리 소리 영롱하고,
제비는 가는 허리를 뽐내며 춤추네.
여우는 아름답게 변하고,
범은 교태롭게 변하니,

9) 원숭이를 말한다. 『莊子』「齊物論」에 나오는 이야기에서 유래했다.

10) 唐 杜甫의 시 「奉和賈至舍人早朝大明宮」에 나오는 구절이다. 얼굴이 선도처럼 붉어지도록 취했다는 뜻이다.

나는 웃음을 참을 수 없다네.
술병을 잡은 이는 목객木客[11]이요,
술잔을 잡은 이는 산도깨비라네.

(손행자가 등장하여 말한다)

손행자 내가 천궁에서 선의, 선모仙帽, 선도, 선주를 훔쳐왔으니 부인은 신나게 쓰시오.

(왕녀가 노래한다)

왕녀 【유호로油葫蘆】
왕모의 선의가 천의무봉이라,
금빛 찬란하게 반짝이니,
직녀가 정교하게 짠 꽃구름 무늬 비단 같네요.

손행자 은사모銀絲帽도 가져왔으니 좋아할 것이오.

왕녀 대성大聖, 대성이 먼저 써 보세요.

옥황궁에 가서 은사모를 훔쳐오시니,
경림연瓊林宴에서 하사한 금화고金花誥보다도 낫습니다.[12]

손행자 여봐라, 앞뒤 문을 잘 지켜서 잡신이 들어오지 못하게 해라.

---

11) 깊은 산에 오랫동안 문명을 등지고 살아온 사람들로, 속세에서는 요괴로 생각하는 존재들이다. 『太平御覽』 권884 「南康記」에 나온다.

12) 경림연은 송나라 때 천자가 새로 합격한 진사들을 瓊林苑에 모아놓고 축하해준 잔치이다. 금화고는 제왕이 封贈할 때 내리는 조서인 五花官誥를 말한다.

(왕녀가 노래한다)

왕녀 장난도 잘하고,
못된 일도 잘하면서,
잔치 중간에 천병이 올까 두려워하여,
사방을 지키라고 하시네.

【천하락天下樂】
밤낮으로 온갖 생각을 다 하며,
날마다 산 아래를 어슬렁거리며,
봄꽃 여름 과실 배 살구 대추를 받아서 쓴다네.
눈동자 속의 불을 보고,
얼굴 위의 터럭을 보니,
비단공을 안고서 던지기 싫다네.[13]

(이천왕이 졸개들을 속이고 등장하여 동굴을 포위한다)
(손행자가 당황한다)
(왕녀가 노래한다)

왕녀 【촌리아고村里迓鼓】
북 두드리는 소리 몇 번 들려오는데,
구중 하늘의 음악에는 비할 바가 아니라네.
신병神兵들이 무섭게 몰려오고,
온 산과 골짜기에는 깃발이 뒤덮였네.
용을 몰고 재갈 휘날리며,
천왕이 도착했네.
꽃을 문 사슴들은 놀라서 머리를 숨기고,
과일 바치던 원숭이들은 놀라서 몸을 솟구치고,

13) 손행자와 짝을 맺기 싫다는 뜻이다.

포효하던 범은 놀라 이빨과 발톱을 숨기고,
요괴들은 놀라 멀리에서 보아도 모두 쓰러지네.

【원화령元和令】

어두운 숲을 천화天火가 불태우고,
깊은 동굴을 먹구름이 뒤덮었네.
이천왕은 탑을 들고 미간을 찌푸리며,
태산을 겨드랑이에 끼고 거친 모습을 드러내네.
나는 비록 천선天仙이지만 요염을 뽐내지 못하고,
요마들은 사방으로 흩어져 달아나네.

(손행자가 달아난다)(이천왕이 산을 뒤진다)(왕녀를 만난다)

이천왕 너는 사람이냐 요괴이냐?

왕녀 저는 사람이옵니다.

이천왕 어디 사람이냐?

(왕녀가 노래한다)

왕녀 【상마교上馬嬌】

저는 금정국 사람으로 요괴에게 괴롭힘을 당했습니다.
그날 가을밤 달이 높이 떴을 때,
술자리 끝나고 사람 없는 삼경에,
동산 안에 와서 마음껏 다니다가,
오솔길 질러가다 바람 지나는 곳에서 산도깨비를 만났습니다.

【유호로油葫蘆】

제가 무슨 훌륭한 낭군 만날 미인이라고,

부모님을 먼 고향에 버려두고 와서,
소식 한 글자 들을 수 없었습니다.
검푸른 눈썹 옅어지고,
백옥 같은 살결은 수척해져서,
온종일 누각 높이 올라 기대어 서 있었습니다.

【요幺】
구름 낀 산을 하염없이 바라보아도 한은 사라지지 않고,
근심은 강물 따라 한밤에도 출렁였으니,
하루의 잘못이 커져서 한 세상의 잘못이 되었습니다.
오늘 성현께서 맞이해주시고,
천왕께서 구해주시니,
은혜가 태산보다 높으십니다.

천왕께 고하나이다. 저를 고향으로 돌려보내셔서 양친을 만나게 해주시면, 실로 천왕의 크신 은혜에 감사드릴 것이옵니다.

이천왕 알아서 돌아가거라. 나와는 상관없는 일이로다.

왕녀 저는 못 돌아갑니다.

이천왕 어찌 못 돌아간다는 말이냐?

(왕녀가 노래한다)

왕녀 【후정화後庭花】
제가 버들가지 같은 바들거리는 허리에,
연꽃 같은 가녀린 굽은 발로,[14]

14) 전족을 말한다.

어찌 계곡물 굽이치는 언덕길을 갈 수 있겠습니까?
울퉁불퉁한 산 위를 갈 수 있겠습니까?
목숨을 걸어도 견디기 어려우니,
천왕께서는 저의 간청을 들어주소서.
제게 이런 것들이 있다면 갈 수 있을 것입니다.
갈선옹葛仙翁의 죽장竹杖을 얻고,[15]
비장방費長房의 축지법을 배워서,[16]
교룡蛟龍을 타고 바다 위에 떠서,
곤鯤 물고기와 붕鵬 새를 몰고 구름 밖 높이 떠간다면.

【청가아靑哥兒】
이렇게 된다면,
그 뒤에 저 고향, 고향에 갈 수 있을 것입니다.
고향에 가면,
사연을 자세히 풀어놓을 것입니다.
천왕과 여러 신장들을 모셔놓고,
향안香案을 차려놓고,
신상神像에 공양을 올리겠습니다.
매일 아침에,
마음에 새기겠습니다.
경건한 마음으로 향을 사르며,
천왕의 은혜에 보답하겠습니다.

이천왕 바람, 구름, 우레, 비 네 신장들은 이 여자를 본국에 돌려보내거라.

15) 葛仙翁은 晉나라 사람 葛洪의 종조부 葛玄이다. 左慈를 따라 배워 신선이 되었다고 한다. 그가 쓴 竹杖은 神力이 있었다고 한다.
16) 비장방은 동한 시대 汝南 사람으로 변환과 요괴 붙잡는 일을 잘 하고 하루에 먼 거리를 갈 수 있었다고 한다. 제23척 참고.

왕녀　천왕님, 고맙습니다.

【미尾】

별안간 생각이 떠올라,
만리길을 순식간에 이르렀네.
신장 네 명의 신통력이 대단하여,
만리길을 서풍에 확 타고,
깊은 산 떠나 곧장 하늘로 날아오르듯 하네.
헤아려보니,
오직 귀신이 우는 소리만 들리니,
「양관삼첩陽關三疊」[17] 들으며 파교灞橋 나서는 것 아니라네.

이천왕　너는 통천대성을 떠나가는데 어찌하여 괴로워하지 않고 도리어 즐거워하느냐?

(왕녀가 노래한다)

왕녀　어이하여 두 눈썹 찌푸리며 괴로워하지 않느냐고,
오히려 파안대소하느냐고 천왕께서 물으시네.
그것은 이 벽도화碧桃花 아래의 난봉鸞鳳 보금자리를 버리고 떠나갈 수 있기 때문이네.

(퇴장한다)

이천왕　이 원숭이 녀석을 놓쳤는데 어찌 포기하랴! 나타에게 말해서 함께 찾아보아야겠다.

17) 송별의 시를 말한다. 唐 王維의 송별시 「送元二使安西詩」의 마지막 구절인 '西出陽關無故人'을 세 번 반복하여 불렀으므로 陽關三疊이라고 하였다.

(퇴장한다)
(손행자가 등장하여 말한다)

손행자 소성은 재주를 한 바퀴 넘어서 십만 팔천 리 길을 달아났으니 어찌 나를 붙잡으리요! 나는 나무에 올라가 작은 벌레가 되어 저놈이 소란 피우는 것을 구경했지. 내 마누라를 고향으로 돌려 보냈는데 나는 동굴에 들어가 문을 잠그고 밖에서 누가 불러도 열어주지 않을 것이다.

(나타가 동굴 문밖에서 손행자를 부른다)

나타 이 원숭이 놈이 어디로 갔나? 분명히 동굴 안에 있겠지. (부른다)

손행자 아니지, 이 어린놈이 나를 우습게 보고 왔으니 나가서 이놈이 어찌 하는지 보자. 어린놈아, 네놈 엄마가 나를 불러오라고 하더냐?

나타 원숭이 녀석아, 네놈 할아버지가 한참을 기다리고 있다.

손행자 얼마나 하는지 어디 한 번 보자!

나타 네놈이 나를 모욕하느냐? 나는 팔백만 천병의 도원수로, 나의 삼두육비三頭六臂[18]의 능력을 맛보아라.

(싸운다. 손행자가 도망간다)
(이천왕이 등장하여 말한다)

이천왕 나타야, 원숭이 녀석이 또 달아났구나. 너는 미산眉山의 칠성七

18) 머리 세 개와 팔 여섯 개를 가지고 있다는 뜻으로, 신통한 능력이 있음을 말한다.

聖들과 함께 이 산을 샅샅이 뒤져서 반드시 원숭이 놈을 붙잡아 그 형상을 없애버려라.

(관음이 등장하여 말한다)

관음　이천왕은 노승이 보이는가?

이천왕　부처님께서 어인 일로 오셨습니까?

관음　노승은 이 원숭이 녀석을 따끔하게 가르쳐서 당승의 제자로 만들어 서천으로 불경을 가지러 가도록 할 것이니 그를 죽이지 말라.

이천왕　이놈은 신통력이 뛰어난데 어떻게 굴복시키려고 하십니까?

관음　이놈을 화과산 아래에 눌러놓았다가 당승이 지나갈 때 이놈을 꺼내 당승을 따라 불경을 가지러 가게 하려고 한다.

(신장들이 손행자를 묶어 데리고 등장한다)

관음　저놈을 눌러놓아라. 내가 한 글자를 쓰겠다.[19] 너는 이 산을 머리에 지고 있거라.

(손행자를 산 아래에 눌러놓는다)

손행자　부처님, 산이 너무 무겁습니다. 제가 한 곡조 부르겠습니다.

---

19) 수결 즉 서명을 하겠다는 뜻이다.

【득승령得勝令】

금정국의 여자가 요염한데,
고향으로 돌려보냈다네.
왕녀는 내가 금방 해칠 것이라고 생각했지만,
나는 왕녀 때문에 죽게 생겼네.
왕녀는 내게 말을 남겼는데,
급히 쓴 글 세 줄보다도 낫구나.
나는 보고 싶다네,

산이 무겁기도 하다,

무거운 산을 짊어지기 어렵구나.

관음 산신에게 말하노니 이놈을 잘 감시하거라.

(퇴장한다)

제10척 손행자를 거두고 주문을 외다

(산신이 등장하여 말한다)

산신 당예唐猊[1] 갑옷이 햇빛을 뿜어내고,
석 자 용천검이 서리처럼 빛나네.
화과산의 당당한 장수라,
요괴와 도깨비가 모두 항복하네.

저는 화과산 신령입니다. 관음의 법지를 받들어 이 통천대성을 감시하고 있습니다. 반고盤古[2]부터 지금까지 가볍고 맑은 것은 하늘이 되었고, 무겁고 탁한 것 중에는 이 산신령도 있습니다만, 지금껏 얼마나 많은 흥망을 보았던가. (노래한다)

【남려南呂 · 일지화一枝花】
조화造化의 영험함을 간직하고,
음양의 기운을 이어받았다네.
은하수의 이삭을 따서,
밤과 낮의 날짜들을 다 헤아려보네.
토끼가 달리고 까마귀가 날아갔던,[3]

1) 전설상의 맹수로, 가죽이 두꺼워 갑옷을 만들기 좋다고 한다.
2) 천지개벽 뒤에 세상을 창조했다는 신이다.

고금의 흥망을 살펴보네.
하늘과 땅이 갈라진 아득한 옛날에,
헌원씨軒轅氏가 만든 옷이 있었고,[4]
창힐蒼頡이 전한 글과 역사가 있었네.[5]

【양주제칠梁州第七】

요순 임금은 선양을 하여 화목함을 내려주었고,
탕왕과 무왕은 백성을 잘 다스려 재앙을 물리쳐 주었고,
주공周公은 예법을 훌륭하게 만들었다네.
춘추시대에 도가 사라졌을 때,
공자님이 떨치고 일어나셔서,
기린이 잡히자 붓을 놓았고,
맹자도 듣고 이어받았다네.
우습도다, 여섯 나라 임금들이 자웅을 겨룬 것이,
개탄하노라, 여정呂政이 조고趙高와 이사李斯를 쓴 것이,[6]
곤경에 빠졌구나, 말 위의 영웅 겹눈동자 항우가.
또 저 천하가 삼분되니,
와룡臥龍이 염정炎精을 도왔고,[7]
진晉나라가 위나라를 빼앗기를,
아이들 놀이처럼 하였고,
다섯 왕조가 자기들끼리 서로를 베었지만,[8]

---

3) 토끼는 달, 까마귀는 해를 비유한다. 태고부터 많은 시간이 흘러갔음을 말한다.
4) 헌원씨는 黃帝를 말한다. 그의 처 縲祖가 누에를 쳐서 실을 뽑아 옷을 만들어서 옷이 있게 되었다고 한다.
5) 창힐은 황제의 史官으로, 한자를 만들었다고 전해진다.
6) 여정은 진시황을 낮추어 말한 것이다. 그의 본래 성은 嬴, 이름은 政인데, 實父가 당시의 거상 呂不韋라는 설이 있어서 呂政이라고 불렀다.
7) 와룡은 제갈량, 염정은 유비를 말한다. 한나라는 五行 중 火에 속했다. 趙高와 李斯는 모두 진시황의 신하이다.

어찌 우리 산과 물에 사는 귀신들만 했겠는가!

당승이 서천의 다섯 인도로 경전을 가지러 간다는 말을 들었는데, 이는 처음으로 서천으로 가는 것이구나.

【격미隔尾】

한나라 명제 때 부처님이 처음 중국에 오셨는데,
당 태종 때 승려가 처음 외이外夷로 들어가니,
모두 관음의 크신 자비력에 따른 것이라네.
다만 저 녀석이 반도회蟠桃會에서 소란을 일으켜서,
오늘 화과산으로 너를 눌러놓았다네.

(손행자가 말한다)

손행자 산신령님, 나를 좀 구해주오.

산신 내가 어찌 구해주겠느냐? 너의 스승이 오늘 반드시 이곳에 올 것이니,

그분이 오기만 잘 기다리고 있으면,
그분이 너를 구해줄 것이니라.

(당승이 용마를 이끌고 등장하여 말한다)

당승 용군龍君, 내가 너와 함께 떠나온 지도 몇 달이 되었구나. 앞에 큰 산 하나가 있고 갑옷을 입은 장군이 저기 있으니 내가 가서 물어보아야겠다. 장군, 이곳은 어디인지요? 소승은 대당의 삼장

8) 다섯 왕조는 동진, 송, 제, 양, 진을 말한다.

법사입니다.

산신 저는 범인凡人이 아니고 화과산 신령이오. 훌륭한 스님이로다.

【목양관牧羊關】

둥근 머리에는 금꽃이 찬란하고,[9]
네모진 승복은 자줏빛이 타오르듯 하며,
빚어낸 생김새는 나한의 자태로구나.
이번 여행은 절반은 백성을 위해서이고,
절반은 나라에 보답하기 위해서라지만,
십만 리 길 가기 어렵고,
백 가지 천 가지 고난은 견디기 어려우리라.
그저 걱정은 당신이 떠들썩한 저자에서 갖은 고생하다가,
시비 피해 심산 속의 나한테 오지나 않을까 하는 것이네.

당승 이 산은 이름이 무엇입니까?

산신 화과산이오.

당승 이곳에 절을 지어줄 시주님이 있습니까?

(산신이 노래한다)

산신 【매옥랑罵玉郞】

여기는 산 높고 험하여 사람이 살 수 없고,
구름 자욱하고 비 흩뿌리며,
독사와 괴수를 피하기 어렵다네.

9) 황금빛 후광을 말한다.

당승　스님 공양하는 곳이 있습니까?

(산신이 노래한다)

산신　이곳은 석장錫杖 세우고 머물기도 어려운데,
어찌 절의 부엌을 지을 수 있을까?
당신의 기원祇園[10] 같은 곳이 아니라오.

【감황은感皇恩】

아!
설령 당신이 죽장竹杖으로 용을 만들고,
화표華表에 학이 되어 내려앉았다 해도,[11]
영욕에 미련을 두면 재앙이 있을 것이고,
시비를 멀리하면 근심이 없어질 것이며,
생사를 한탄해도 언젠가는 죽을 것이라네.
당신이 서천에 가서 불경을 가져오고자 한다면,
먼저 이 동토東土를 떠나 잡념을 잊고,
보살을 만나고,
성현을 뵙고,
석가모니를 뵈어야 한다네.

【채다가採茶歌】

화과산에는 산신령이 있고,
운라동雲羅洞에는 유혼幽魂[12]이 있는데,

---

10) 祇樹給孤獨園의 준말이다. 본래는 석가모니가 舍衛國에 머물면서 설법한 장소이다. 여기서는 절을 뜻한다. 제5척 참고.

11) 죽장으로 용을 만들거나 학이 되었다는 것은 모두 도를 닦아 신선이 되었음을 말한다. 『後漢書』「費長房傳」과 『搜神後記』 丁令威 항목 참고. 華表는 궁궐이나 성문 앞에 세운 돌기둥이다.

복사꽃 오얏꽃에 봄바람 불어오고 두견새 우는 소리만 들리네.

당승 신령님과 작별하고 얼른 떠나고자 합니다. 날이 저물까 해서입니다.

(산신이 노래한다)

산신 스님은 눈이 밝으니 날 저무는 것을 걱정하지 마시구려,
마음이 밝으니 어찌 먹구름에 길을 잃을까 걱정하겠소?

(손행자가 말한다)

손행자 저기 산신령과 이야기하고 있는 사람이 당승 사부님인 것 같구나! 한번 불러보자. 사부님, 제자를 구해주십시오!

당승 선재라, 선재로다! 이 자는 누구입니까?

(산신이 노래한다)

산신 【곡황천哭皇天】
스님은 부르는 소리를 듣고 자세히 물어보고,
제자는 말씀 마치는 것을 보고 사연을 말하네.

스님이 잘 모르는 것 같으니 알려주겠소. 이 산은 화과산이고, 산 아래 자운라동紫雲羅洞이라는 동굴이 하나 있소. 동굴 안에 마군魔君이 하나 있었는데 통천대성이라고 불렀지요. 이 녀석 때문에 삼계의 성현들이 편안하지를 못했소. 이천왕李天王, 나타

12) 유혼은 요괴를 뜻한다. 여기서는 손오공을 가리킨다.

태자那吒太子, 미산대성眉山大聖이 이 녀석을 붙잡아 죽이려고 했는데, 관음불이 이놈을 붙잡아 산 아래에 눌러놓고 스님이 오기를 기다렸다가 스님께 호법護法[13]해 드리도록 하셨소. 하지만 이놈의 범심凡心이 사라지지 않았으니 데리고 갈 수 없다오.

당승 소승은 바다처럼 깊이 맹세했으니 어찌 그를 구하지 않겠습니까?

(산신이 노래한다)

산신 당신은 바다처럼 깊이 맹세했다고 말하지만,
저 원숭이는 힘이 하늘과 겨룰 만 하다네.

이놈은 신령을 속이고 귀신을 놀래키며 무쇠 같은 근골에 불같은 눈 금빛 눈동자를 지녔다오.

옥황의 신선주를 훔치고,
노자老子의 금단金丹을 훔쳤다네.
저 마군들 중에서도 으뜸을 차지했으니,
여산노모驪山老母의 동생이요,
무지기巫支祇와 남매 사이라네.[14]

【오야제烏夜啼】
재주를 한 번 넘으면 천 리 길을 날아가니,
신통함으로 그와 겨룰 자가 누가 있으랴!
스님을 따라 서천의 영산회靈山會[15]에 갈 때,

13) 경호의 뜻이다.
14) 제9척에서 여산노모는 손행자의 큰누이, 무지기는 둘째누이로 나왔다.
15) 영산회는 석가모니가 王舍城의 靈鷲山에서 설법했을 때의 모임을 말한다. 후에

길 내내 치달려서,
모실 수 있으리라.

당승 소승은 오로지 불세존석가佛世尊釋迦의 위력에 의지합니다.

(산신이 노래한다)

산신 【요幺】
오로지 석가의 위력에 의지한다고 말하지 말고,
저 관음의 힘을 생각하기만을 바라오.
저놈은 세상을 흐린 허물과 하늘 어지럽힌 죄가 있으니,
불경을 가지고 돌아온 뒤에,
정과正果하여 원적圓寂하리라.[16)]

당승 소승은 그를 구하겠습니다.

(산에 오르는 동작을 한다)

손행자 제자를 사랑하십니까?

당승 사랑은 인의 근본이니 어찌 물명物命[17)]을 사랑하지 않으리요?

손행자 침향정沈香亭의 미녀[18)]인 저를 사랑하시는군요.

전의되어 道場을 두루 일컫게 되었다.

16) 정과는 수행에 의해 깨달음을 얻은 결과를 말한다. 원적은 죽음을 말한다.
17) 물명은 생명(을 가진 물체)의 뜻이다. 여기에서는 손행자를 가리킨다.
18) 침향정은 양귀비가 당 현종과 함께 모란을 감상한 정자이다. 손행자가 자신을 양귀비에 비유한 것이다.

당승 내가 어떻게 너를 구할 수 있느냐?

손행자 사부님이 이 부적을 떼어내면 제자가 스스로 나올 수 있습니다.

(당승이 글자를 떼어내는 동작을 한다)(손행자가 재주를 넘으며 내려와서 당승에게 절을 올린다)(손행자가 돌아서서 혼잣말로 말한다)

손행자 맛있게 생긴 통통한 화상이로구나. 앞으로 가다가 배 터지게 한 끼 먹고 옛날처럼 화과산으로 돌아가면 어디에서 나를 찾겠는가!

(관음이 등장하여 말한다)

관음 현장은 이 노승이 보이느냐? 내가 특별히 이 제자를 찾아 너와 함께 여행하며 호법하게 했도다. (행자를 바라본다) 통천대성아, 너는 본래 없애버렸어야 하지만 내가 너를 구해주겠으니 이제부터 범심을 품지 말거라. 네가 너의 법명을 손오공孫悟空이라고 지어주고 너에게 철계고鐵戒箍,[19] 검은 직철直裰,[20] 계도戒刀를 주겠다. 철계고는 네가 범심을 일으키지 않게 해주고 검은 직철은 너의 짐승의 몸을 가려주며 계도는 너의 은애恩愛[21]를 끊어주리니, 스승을 잘 모시고 가면서 손행자라고 불리거라. 속히 불경을 가져오면 너도 정과를 구하게 하겠느니라. 현장은 이리 가까이 오라. 이 축생이 범심을 품고 너를 해치려고 하면 너는 철계고를 조이는 주문을 외우거라. 그러면 이놈 머리가 조여들 것이다. 만약 잘못을 빌지 않으면 눈 깜짝할 새에 이놈을 옥죄어

19) 머리에 쓰는 쇠테를 말한다.
20) 승려가 입는 네모진 승복을 말한다.
21) 은애는 집착, 애착의 뜻이다.

죽일 것이다. 잘 기억하거라. (귀에 대고 주문을 일러준다)

(당승이 감사의 절을 올리고 말한다)

당승　자비로우신 부처님께 감사합니다.

(산신이 노래한다)

산신　【홍작약紅芍藥】
관음이 대자비로 구제하시고,
너에게 계고와 승복을 내려주셨다.
화과산으로 너를 눌러 등거죽을 망가뜨렸지만,
스승이 너를 풀어주어 따라가게 되었구나.
다시는 빈방에 들어가 문 잠그고 못된 생각 품거나,
똥 뒤적이는 멍청한 짓을 하지 말거라.
유리 같은 머리통[22]에 계고를 둘렀으니,
너의 그 모자보다 튼튼할 것이다.

당승　내가 주문을 한번 외어보아야겠다.

(손행자가 넘어져 뒹굴면서 말한다)

손행자　사부님 제자를 용서해 주세요.

(주문을 멈추고 구해준다)

손행자　벗어서 내버려야겠다. (벗으려고 하지만 벗겨지지 않는다)

---

22) 손행자의 머리가 깨지기 쉽다는 것을 뜻한다.

(산신이 노래한다)

산신 【보살양주菩薩梁州】

마치 못처럼 머리가죽을 찌르고 들어가서,
머리에 달라붙어 버렸네.
네가 만약 범심을 다시 일으킨다면,
너는 혼비백산하게 될 것이니라.
족하足下께서 항상 사람을 죽이는 법을 가지고 계셔서,
스님에게 이 호신의 방책을 남겨주신 것이니,
다시는 못난 마음으로 간사한 뜻을 품지 말거라.
꿈속에서 속세를 벗어나듯,
지성을 다해 모시고는,
얼른 갔다가 속히 돌아오너라.

소성이 스님께 말씀드리오. 앞에 강이 하나 있는데 이름을 유사하流沙河라고 합니다. 강에 요괴가 있어서 사람을 해칠 수 있습니다. 행자는 조심해서 스님을 모시고 가거라. 스님, 가호를 베풀어 주시기를 빕니다.

【미尾】

원숭이더러 심원心猿을 단단히 붙들어 매게 하고,
용군은 스님을 따라가며 의마意馬를 잘 가라앉히기를.[23)]
하나는 질풍처럼 달려가고,
하나는 구름처럼 날아가네.
서천에 가서 불경을 가지고 돌아와서,
대당大唐에 이르는 이는 바로 그대이리라.

---

23) 心猿意馬는 원숭이나 말이 날뛰듯 마음이 산란함을 뜻하는 말이다. 心猿意馬를 잘 가라앉히는 것이 수행의 방향이다.

(퇴장한다)

손행자 산신령이 유사하에 사람을 해치는 요괴가 있다고 하였으니, 용군, 너는 사부님과 함께 천천히 와라. 내가 먼저 유사하에 가서 그 요괴를 찾아보고, 사람을 잡아먹는다고 하면 나를 먼저 잡아먹게 하겠다. 제자는 먼저 떠나오니 사부님은 뒤에 오세요.

(퇴장한다)

당승 용군아, 우리도 가자.

(퇴장한다)

제11척 손행자가 요괴를 물리치다

(사화상沙和尙이 해골을 걸치고 등장하여 말한다)

사화상 항하사恒河沙에는 배가 다니지도 않는데,[1]
홀로 팔만 년 동안 사공 노릇 하고 있다네.
사람 피를 마시고 사람 간을 먹어치우니,
신명도 무섭지 않고 하늘도 무섭지 않다네.

소성은 수괴水怪로 태어나 하신河神이 되었는데, 옥황의 명을 받들지 않고 석로釋老[2]의 법도를 지키지 않지. 화가 나면 바람이 일어나고 근심하면 비가 내리고 기쁘면 안개와 구름을 타고 다니고 한가하면 모래를 움직이고 물을 놀리지.

사람 뼈다귀가 높은 산만큼 쌓였고,
사람 피가 강물처럼 흐르며,
사람 목숨은 흐르는 모래와 같고,
사람 혼백은 아귀와도 같다네.

---

1) 恒河는 인도의 갠지스강을 가리키고, 流沙河는 대체로 중국의 서부에 있는 사막 지역을 가리킨다. 여기에서는 두 장소가 뒤섞여 있다.

2) 석가와 노자, 다시 말해 불교와 도교를 말한다.

한 중이 서천에 불경을 가지러 가겠다고 발원했다는데, 네가 어찌 나의 이 사하沙河를 건너갈 수 있겠느냐! 그놈은 아홉 세상의 중이 되었지만 내게 아홉 번 잡아먹혀서 아홉 개 해골이 지금도 내 목에 걸려 있지. 내 소원은 득도한 자 백 놈을 잡아먹어 다른 신령들이 따라오지 못하는 것인데, 이제 겨우 아홉 놈을 먹었으니 한참 부족하다. 누가 오는지 보자.

(손행자가 등장하여 말한다)

손행자 배를 불러야겠다. 사공!

사화상 죽을 놈이 또 왔구나.

손행자 너는 성이 무엇이냐?

사화상 사 씨다.

손행자 알겠다. 회회回回 사람 하리河里 사 씨로구나.

사화상 그걸 어떻게 알았느냐?

손행자 주둥이와 낯짝이 회회와 비슷하구나.

(사화상이 손행자를 물어뜯는다)

손행자 모두가 네놈이 잡아먹을까 무서워해도 이 영감님은 하나도 안 무섭다. 구리 힘줄에 무쇠 뼈, 불 눈에 금 눈동자, 놋쇠 똥구멍에 주석 두른 양물을 가지신 몸이니, 무쇠 이빨이 있다면 내게 오너라! (손행자가 사화상을 붙잡는다) 나는 다름 아닌 대당국 삼장법사의 제자다. 너는 겁먹지 말고 우리 사부님을 따라 서천에 가서 불경을 가지고 돌아오면 모두 정과조원正果朝元[3])을 얻을 테니 좋지 않겠느냐. 만약 따르지 않겠다면 내가 귓속에서 황금 몽둥이를 꺼내어 너를 곤죽이 되게 때려주겠다.

사화상 할 수 없지. 항복하겠다.

(당승이 등장한다)(손행자가 말한다)

손행자 사부님, 제자가 이 동굴의 마군을 항복시켰습니다.

당승 선재로다, 선재야! 너는 본래 무슨 요괴였느냐?

사화상 소성은 요괴가 아니라 옥황전 앞에 있던 권렴대장군卷簾大將軍이었는데, 술을 마시고 범심을 품었다가 벌을 받고 이 강에서 모래를 밀며 죗값을 치르고 있었습니다. 오늘 사부님을 만났으니 제자를 도탈시켜 주십시오.

손행자 우리가 오늘 밤에 네 명이 되었으니 무슨 요괴가 무섭겠는가. 얼른 갑시다.

(퇴장한다)

---

3) 正果는 證果라고도 하고 불교에서 수행하여 깨달음을 얻는 것을 뜻한다. 朝元은 도교의 元始天尊이나 불교의 世尊을 알현한다는 뜻으로 수행에 정진하는 것을 비유한다. 따라서 正果朝元은 수행에 정진하여 깨달음을 얻는다는 뜻으로 쓰이고 있다.

(은액장군銀額將軍이 등장하여 말한다)

은액장군 은빛 이마 금빛 눈동자를 비단 머리가 가렸고,
검은 안개 누런 구름이 빗긴 개울을 덮었다네.
나는 엄청나게 용맹한 영웅이라서,
높은 산 깊은 굴과 함께 삼절三絶이라고 부르지.

나는 은액장군이다. 이 산은 황풍산黃風山이라고 하지. 산이 높고 굴이 깊고 길이 험해 삼절이라고 부르고. 앞에도 산 뒤에도 산, 왼쪽도 산 오른쪽도 산이라 감히 나를 찾아오는 자가 없지. 이 산 동쪽에 유태공劉太公이라는 자가 있고 그 집에 유대저劉大姐라는 딸이 있는데 생긴 것이 아주 곱상하여 내가 데려와서 굴에 가두어 두었더니 심히 신나는구나. 안주를 가져와서 낭자와 몇 잔 마셔야겠다. (퇴장한다)

(유태공이 등장하여 말한다)

유태공 이 늙은이는 성이 유 가인데 부부가 딸 하나만 두었습니다. 마누라는 세상을 떠나고 딸아이는 아직 시집가지 않고 있었는데, 갑자기 삼절동三絶洞의 요마에게 끌려가고 말았습니다. 내가 이렇게 늙었는데 누구에게 의지할까! (노래한다)

【대석조大石調·육국조六國朝】
흰 머리에 걸음마저 절뚝이니,
붉은 해가 서쪽으로 넘어가는 것 같은 신세라네.
번뇌가 언제 그치고,
이별의 근심이 언제 멈출까?
잘 길러 이렇게 자라서,

처녀가 다 되었다네.
우리 아이는 이 세상 관음 같아서,
꽃도 부끄러워하고 달도 숨어버린다네.
아침 햇살 아래의 싱싱한 복숭아를 안개가 가두고,
봄바람에 하늘거리는 연약한 버들가지를 구름이 덮었네.
나는 어디에서 빌어야 하나?
누구에게 하소연할까?

【희추풍喜秋風】

구슬 같은 눈물이 흐르고,
약한 창자가 꼬이고,
두 눈썹 찌푸려지고,
작은 심장이 찢어지네.
우리 딸 꽃처럼 피었다 지니,
벌써 헤어진 지 보름이라네.

(당승 일행이 등장하여 말한다)

당승 훌륭한 장원이로구나. 우리 이곳에서 하룻밤 묵고 내일 일찍 떠나자. (유태공이 우는 모습을 보고 말한다) 이곳에 묵지 못하겠구나.

손행자 노인장, 우리 스승님은 대당의 삼장법사이신데, 하룻밤 묵었다가 내일 일찍 떠나고자 하오.

(유태공이 울면서 말한다)

유태공 이곳에서는 묵으실 수 없습니다.

손행자 우리가 얼마나 괴롭혔다고 하늘이 무너지고 땅이 꺼져라 통곡을 하는가!

유태공 행자님은 이 늙은이의 괴로운 사정을 모를 것이요. 나는 어디에 하소연할까! 딸 하나가 요마에게 붙잡혀갔으니 참으로 괴로워 죽을 지경이 아니겠습니까!

【귀새북歸塞北】

이 늙은이의 말씀을 들어보오,
행자 당신은 정말이지 대단하구려.
열여덟 된 딸이 하나 있는데,
삼절동이라는 곳의 요마가,
우리 딸을 붙잡아 가버리고,
늙고 얌전한 할애비만 버려두었다오.

손행자 무슨 요괴가 이렇게 대단하다는 것인가?

유태공 행자님은 모를 것이요. 그 요괴는 스스로 이렇게 말한다오.

【육국조六國朝】

그 요마는 신통력이 높아서,
여러 가지 변화를 일으킬 수 있다고 하오.
바닷물을 단번에 뒤집어놓고,
태산을 뚝 잘라 평평하게 만들어 버린다오.
안개를 부르고 비바람을 부르니,
천지간에 없애기 어렵다오.
스님이 자비로운 염불을 외고,
세 분 제자님이 뛰어나다고 해도 말이오.

손행자 그놈은 지금 어디에 있는가?

(유태공이 노래한다)

유태공 백조파白罩坡 바위 앞에 출몰하고,
흑풍산黑風山 굴 속에 숨어있다오.
삼계三界를 수십 수백 번 어지럽히고,
진환塵寰을 서너 겁劫 동안 살아왔다오.[4]

손행자 따님은 곱게 생겼소?

(유태공이 노래한다)

유태공 【안과남루雁過南樓】
이 늙은이는 외롭고 운도 없지만,
우리 딸은 풍류미려風流美麗의 뛰어난 절색이라오.
버들 허리에 복사꽃 같은 얼굴로,
향 그윽한 옥 같아서 변화卞和도 기뻐할 것이오.[5]

손행자 나를 데리고 가 주시오.

(유태공이 노래한다)

유태공 이 늙은이는 다리가 아프고 허리가 굽었으니,
날 밝아올 때 꺼져가는 등불과도 같다오.

4) 塵寰은 이 세상을 말하고 劫은 천지가 한번 개벽한 뒤 다음 개벽할 때까지의 무한히 긴 시간을 말한다.

5) 卞和는 춘추시대 초나라 사람으로, 옥을 잘 알아본 사람이다.

손행자 사부님, 이곳에서 쉬셔야겠습니다. 노인장, 우리 사부님을 잘 돌보아주오. 우리 삼형제가 그 요괴를 붙잡아 따님을 빼앗아 당신에게 돌려주면 어떻겠소?

(유태공이 노래한다)

유태공 【뇌고휴擂鼓休】

세 분 형님이 각별하게 마음 써주시니,
이 늙은이가 소 한 마리 잡아서 대접하리다.
스님 앞에서는 말씀하지 마시오,
손행자 당신에게만 말씀드리는 것이오.

손행자 딸의 이름이 무엇이오? 내가 찾아가 보겠소.

(유태공이 노래한다)

유태공 잘 기억하시오,
우리 아이의 이름은 유대저라고 합니다.

당승 행자야, 나는 이곳에서 기다릴 것이니 얼른 갔다가 빨리 돌아오너라. (함께 퇴장한다)

(은액장군이 유태공의 딸과 함께 등장하여 말한다)

은액장군 대저, 내가 당신을 이 굴로 데려온 뒤로 아주 즐거웠소. 그런데 오늘은 어찌 귀에 열이 나고 눈이 팔딱거리는데[6] 무슨 일인지 모르겠구나.

---

6) 심상치 않은 일이 일어날 징조를 나타낸다.

(손행자가 일행을 이끌고 등장하여 은액장군을 둘러싼다)(싸운다)(은액장군을 죽인다)

손행자 부인, 부친이 나를 보내 부인을 데려오라고 했으니 나와 함께 집으로 돌아갑시다. (퇴장한다)

(당승과 유태공이 등장한다)

유태공 스님, 어찌 아직 돌아오지 않는 것일까요?

【귀새북歸塞北】
떠나간 지 오래되었는데,
승부가 아직 가려지지 않은 것일까?
커다란 먹구름만 집 위에 가득하고,
부슬거리는 비만 계곡에 빗겨 내리고,
사람 소리 말 울음 소리만 제각기 들려오는구나.

(손행자 일행이 유태공의 딸을 데리고 등장하여 유태공과 만난다)

손행자 노인장, 따님을 데려왔소.

(딸이 유태공을 안고 운다)(유태공이 노래한다)

유태공 【호관음好觀音】
떠나간 뒤 아득히 보름이 되는 동안,
만나려 해도 물 멀고 산 많았다네.
오늘 다시 만났으니 원망하지 않으리라,
우리 스님의 공덕 덕분이니,
마치 마른 나무에서 꽃과 잎이 피어난 것과 같다네.

세 분 스님의 은혜에 감사드립니다. 어떻게 갚아야 할지요! 오늘 일찍 떠나서 가시는 길에 조심하소서. 스님이 돌아와서 다시 만날 날을 기다리겠습니다.

【관음살觀音煞】

우리 스님이 요마를 거두어,
이 늙은이가 죽어 묻힐 무덤이 있게 되었다네.
서쪽으로 가면서 조심하십시오,
끝없는 고생이 아직 끊어지지 않았으니,
돌아오셔서 은혜 갚을 날만 여기에서 고대하겠습니다.

(퇴장한다)

당승　일찍 길을 떠나자.

(퇴장한다)

제12척 귀모가 귀의하다

(당승 일행이 등장하여 말한다)

당승　행자야, 우리가 너와 함께 며칠 동안 왔더니 몸이 피곤하구나. 얼른 잘 곳을 찾아 공양을 준비하는 것이 좋겠다. (홍해아紅孩兒[1]가 등장하여 운다) 선재, 선재라! 깊은 산중에 뉘집 아이가 길을 잃었는가? 곧 날이 저물면 승냥이와 독벌레들이 이 아이의 목숨을 해치지 않겠는가? 출가인이 죽을 수도 있는 사람을 구하지 않는다면 이는 분명 파계하는 것이리라. 행자야, 이 아이를 업어야겠다. 앞에 인가가 있으면 길을 물어 이 아이를 집에 돌려보내고 보상을 받는 것도 좋은 일일 것이다.

손행자　사부님, 산속에는 요괴가 무척 많으니 남 일에 너무 상관하지 마세요.

당승　이 원숭이 녀석이 또 내 말을 안 듣는구나. 당장 업어라!

손행자　사부님이 먼저 가세요. (업고 일어나지 못한다) 내가 화과산에 갇혀 있다가도 몸을 한 번 솟구쳐서 빠져나왔는데, 물건이 큰 놈이건 작은 놈이건 업고 일어나질 못하겠으니 이놈은 필시 요괴일 것이

1) 뒤에 나오는 鬼子母의 아들이다. 愛奴兒라고도 불렀다.

다. 내 칼 맛을 보아라, 당장 베어 개울에 굴러 떨어지게 할 것이다. (요괴가 개울에 굴러 떨어진다. 사화상이 다급하게 등장하여 말한다)

사화상 형님, 큰일 났소. 저 아이가 사부님을 데리고 가버렸소. 무슨 요괴인지 아오?

손행자 화룡火龍아, 우리 셋이 관음불을 뵈러 가자. (퇴장한다)

(관음이 등장하여 말한다)

관음 노승의 눈에 당승이 어려움에 빠진 것이 보입니다. 손오공이 오는구나. 이 굴의 요마는 무슨 괴물일까? 노승은 요괴의 본 모습을 모르니 손오공이 오면 함께 세존불께 가서 여쭈어보아야겠습니다. (퇴장한다)

(부처가 문수와 보현을 데리고 등장하여 말한다)

부처 비로가毘盧伽[2]가 어려움에 빠졌으니 관음이 손오공을 데리고 오겠구나. 이미 네 게제揭帝[3]들을 보내 그놈을 붙잡게 했도다.

(관음이 손행자를 데리고 등장하여 부처를 뵙고 말한다)

관음 부처님, 당승이 무슨 요괴에게 붙잡혀갔는지 모르겠습니다!

부처 요괴가 아니로다. 이 부인은 내가 자리 아래에 거두어 제천諸天으로 삼았는데 인연이 이르지 않아 귀자모鬼子母라고 부른다.

---

2) 본래는 毗盧遮那佛을 뜻하지만 여기에서는 현장을 가리킨다. 제1척 참고.
3) 揭諦라고도 쓴다. 護法神을 뜻한다. 제8척 참고.

그의 아이는 애노아愛奴兒라고 부르는데, 내가 이미 게제들을 보내 유암대택幽巖大澤에 있는 그 녀석을 붙잡아 오게 하였으니 오늘 안에 당도할 것이로다. 게제들이 그놈을 항복시키지 못할지 몰라 내 바리때를 가지고 가게 했으니 뚜껑을 덮어 가져올 것이니라. (게제들이 바리때를 메고 등장하니 부처가 말한다) 손오공아, 너는 본래 있던 곳으로 돌아가거라. 너의 사부는 이미 그곳으로 나왔을 것이니라.

손행자 부처님, 돌보아주셔서 고맙습니다. 제자는 사부님을 찾아가겠습니다. (퇴장한다)

부처 이 녀석을 법좌法座 아래에 이레 동안 눌러놓거라. 이 녀석이 황수黃水로 변하면 귀자모가 필시 아들을 구하러 올 것이니 그때 거두면 되리라.

(귀자모가 등장하여 말한다)

귀자모 어찌하랴, 구담瞿曇 늙은이[4]가 무례하게도 내 아들을 법좌 아래에 눌러놓았구나. 안 되겠다. 귀병鬼兵들은 어디 있느냐? 나를 따라가서 바리때를 열자. (노래한다)

【월조越調 · 투암순鬪鵪鶉】

한 조각 요운妖雲을 타고,
수천만 여귀厲鬼들을 데리고 가네.
단지 모자의 정 때문에,
저 신불神佛에게 죄를 범했다네.

4) 석가모니를 낮추어 부른 것이다. 瞿曇(Gautama)은 석가모니의 俗姓이다.

너[5]더러 바리때 안에 시주를 얻으라고만 했지,
누가 법좌 아래에서 남의 집 아이를 해치라 했더냐?
나와 너 중에,
누가 잘못했더냐?
붙잡으려고 하니 두 귀신이 옥고리를 두고 다투는 것 같으니,[6]
구룡九龍이 입에서 물을 뿜을 것은 생각하지도 말거라.[7]

【자화아서紫花兒序】

출가해놓고 자비를 베풀거나,
방편方便을 베풀지 않고,
인자무적仁者無敵이 되지 못했구나.
얼굴 누런 늙은이,
까까머리 사미沙彌가,
이렇게 괴상하다니.
너는 공부자孔夫子가 유도척柳盜跖을 만난 격이니,[8]
나는 오늘 피하지 않겠다.
너는 이 귀자모 낭낭님을 똑바로 알아보아라,
선지식善知識 이모[9]라고 넘겨짚지 말고.

---

5) 부처를 가리킨다.

6) 두 사람이 옥고리를 서로 차지하려고 겨루는 기예를 빌려와 귀자모와 신불의 싸움을 비유한 것이다.

7) 구룡이 분수를 뿜는다는 것은 부처에게 예를 올릴 때의 아름다운 모습을 말한다. 부처가 탄생한 뒤에 두 마리 용이 입에서 물을 뿜어내어 부처를 목욕시켰다고 한다.

8) 柳盜跖은 춘추시대의 유명한 도둑인 盜跖을 말한다. 그는 노나라 대부 展獲의 동생이다. 展獲은 柳下에 食邑을 받고 惠라는 諡號를 받아 柳下惠라는 이름으로 널리 알려졌는데, 이 때문에 여기에서 盜跖에게 柳라는 성을 붙여주었으나 이는 잘못이다. 공자가 도척을 만나서 그릇된 일을 하지 말라고 권했으나 도척은 말을 듣지 않았다고 한다. 『莊子』「盜跖」 참고.

9) 여기에서는 사이가 가까운 기녀를 뜻하는 것으로, 낭낭에 대비되는 호칭이다.

【소도홍小桃紅】
소귀들이 작은 전고戰鼓를 동동 두드리며,
너의 타도계拖刀計[10]를 겁내지 않는다네.

나는 강하지도 약하지도 않은 철태궁鐵胎弓으로, 한번 비틀면 천 번 돌아가는 낭아전狼牙箭을 이놈에게 쏘겠다. 이놈이 몸을 갖가지로 변한다 해도 백 걸음 밖에서 버들잎을 쏘아 맞히는 나의 능력[11]을 어찌 당할 수 있겠는가?

(활을 쏜다)(부처가 연꽃으로 막는다)(귀모가 노래한다)

쇠뇌를 밟고 활을 쏘는 저 위세로,
화살 한 대 한 대를 앞을 향해 쏘지만,
그는 금련 떨기로 가슴을 가리니,
사부주피射不主皮[12]라는 말도 있지 않았던가.
그는 본래 온화하여 세차지 않으니,
이 연지 바른 양유기養由基[13]를 화가 치밀게 만드는구나.

내 아이를 풀어주면 그 절의 중들을 모두 용서해주겠다.

부처 못된 자야, 네가 불도佛道에 귀의한다면 너의 아이를 용서해 주

10) 武將이 칼을 끌고 패주하는 척하다가 적의 허점을 노려 갑자기 돌아서서 반격하는 계책이다. 여기에서는 속임수나 음모를 비유하는 말이다.
11) 춘추시대 초나라 養由基는 활을 잘 쏘아 백 걸음 밖에서도 버들잎을 쏘아 맞힐 수 있었다고 한다. 『史記』「周本紀」 참고.
12) 활을 쏠 때 가죽 과녁을 맞추어 뚫는 데 주력하지 않는다는 말로, 옛 법도에서는 과녁을 맞추는 것보다는 활을 쏘는 禮에 주력했다는 것을 뜻한다. 『論語』「八佾」 참고. 여기에서는 귀자모가 활을 쏘아도 부처님을 상하게 하지 못했다는 것을 나타낸다.
13) 鬼子母가 자신을 활을 잘 쏜 사람인 養由基에 비유한 것이다.

겠노라.

(귀모가 노래한다)

귀자모 【조소령調笑令】

나의 이 아리따운 모습을 보아라,
한 줌밖에 안 되는 잘록한 허리로,
무슨 변방의 장수 같은 당당한 위세가 있다는 것이냐?
문수와 보현은 주먹을 들고 서 있고,
여러 보살들은 현자를 보자 똑같이 되고 싶어하는구나.[14]
저 애노아를 법좌 아래에 덮어놓고서,
그러고도 광대자비廣大慈悲의 마음을 잘 품는다는 말이냐?

(귀병을 불러 바리때를 열게 한다)

【귀삼대鬼三台】

천리안千里眼 이루離婁[15]는 빨리 오고,
순풍이順風耳 사광師曠[16]은 늦지 말라.
구반차鳩盤叉[17]와 힘센 모든 귀신들은,
용맹을 떨치고 웅위를 펼치며 적과 싸워라.

【독시아禿廝兒】

철창鐵槍을 잡고,
보검을 들고,

---

14) 현자를 보면 똑같이 되고 싶어한다는 말은 『論語』 「里人」에 나온다.
15) 離婁는 黃帝 때 시력이 아주 뛰어났다는 전설상의 인물이다.
16) 師曠은 춘추시대 晉나라의 樂師로, 음을 잘 구별했다고 한다.
17) 鳩盤茶(구반다), 鳩盤荼(구반도)라고도 쓴다. 범어 kumbhāṇḍa의 번역어이다. 사람의 정기를 빨아먹는다는 귀신으로, 흔히 추녀를 비유한다.

(귀병들이 바리때를 쪼개려는 동작을 한다)

파도 열리지 않고 베어도 깨지지 않으니 무슨 물건인가?
안에는 사람이요,
바깥에는 귀신이라,
빛나는 푸른 유리 한 덩이가,
마치 태호석太湖石처럼 단단하구나.

【마랑아麻郎兒】

아난은 놀라서 눈썹을 찌푸리고,
가섭도 놀라서 아프고 슬퍼하는구나.[18]
네 천왕들은 주먹을 들어 올려 예를 올리고,
여덟 보살들[19]은 마음을 모아 지지하는구나.

【요幺】

나의 손으로 아래를 쥐었네,
서슬 퍼렇고 신위神威 드높은 거궐巨闕 검[20]을.
이십제천二十諸天[21]은 들어라,
다만 땅에 떨어지는 머리통을 영접하라.

18) 아난과 가섭은 모두 석가모니의 제자이다.

19) 『八大菩薩曼荼羅經』 및 『佛說八大菩薩經』 등에 따르면 文殊菩薩, 普賢菩薩, 觀世音菩薩, 金剛手菩薩, 虛空藏菩薩, 地藏王菩薩, 彌勒菩薩, 除蓋障菩薩八大菩薩 등이다.

20) 춘추시대 말엽 越나라의 장인 歐冶子가 만들었다는 여러 명검 중의 하나이다. 참고로 그의 딸은 莫邪, 사위는 干將인데, 두 사람은 자신이 만든 검에 자신의 이름을 붙였다.

21) 불교의 20位 護法神을 말한다. 大梵天, 帝釋天, 多聞天王*, 持國天王*, 增長天王*, 廣目天王*, 密跡金剛, 摩醯首羅天, 散脂大將, 大辯才天, 大功德天, 韋馱天, 堅牢地神, 菩提樹神, 鬼子母神, 摩利支天, 日宮天子, 月宮天子, 娑竭羅龍王, 閻摩羅王 등이다. (*는 四天王)

부처　나타那吒는 어디에 있느냐? 이 못된 자를 붙잡거라!

(나타가 등장하여 말한다)

나타　못된 놈아, 내가 보이느냐?

귀모　어느 집의 어린애가 감히 나를 욕하느냐?

【낙사낭絡絲娘】

어린 아이야 입을 놀리지 말거라,
이 노낭낭님이 여기에 서 계시다.
무섭거나 말거나 신력神力을 겨루어,
손에 오방五方의 진기眞氣를 쥐어야 하리라.

(싸운다)

【졸로속拙魯速】

그는 여덟 개 꽃잎의,
비단 공을 들고 있고,
나는 두 자루의,
태아太阿 검[22]을 들고 있네.
천 명의 군사가 대치하고 있고,
만 명이 적을 맞아 서 있네.
많은 이들이 어지럽게 모여서,
각자 심기心機를 쓰니,
마치 구리산九里山에서 항적項籍을 곤경에 빠뜨린 것 같구나.[23]

22) 泰阿라고도 쓴다. 춘추시대 말엽 월나라의 장인 歐冶子가 만든 명검 중의 하나이다.
23) 項籍은 項羽이다. 韓信이 이곳에서 十面埋伏 작전으로 항우를 물리쳤다.

가득한 구름은 사이四夷를 덮고,
거센 비는 태극太極을 덮었네.[24]
에잇, 이 바리때를 들어서 내 아이를 풀어주어야겠다.

(바리때가 들리지 않는다)

바리때가 가벼운데도,
들 수가 없으니,
마치 태산처럼 움직이기 어렵구나.

(싸운다)(혼전 끝에 귀모를 붙잡는다)(당승이 풀려나 등장한다)(당승이 부처에게 감사의 예를 표한다)(당승이 말한다)

당승　이 요마야, 네가 우리 삼보 부처님께 귀의한다면 내가 조사祖師께 아뢰어 자리 아래에 거두고 너희 모자를 만나게 해주겠다. 따르지 않는다면 너를 풍도 지부酆都地府[25]에 유배보내어 영원히 윤회하지 못하게 하겠다.

귀모　귀의하겠소.

【미尾】
세존께 아뢰어 기꺼이 자비를 베풀어 주신다면,
나는 당삼장을 풀어주어 서천으로 갔다오게 하겠네.

저 당승을,

---

24) 구름과 비가 온 천하에 가득하다는 뜻이다.
25) 귀신이 다스린다는 전설상의 羅酆山 洞天六宮을 이르는 말이다. 후대에 이것을 지금의 四川 豐都縣에 끌어다 붙였다.

화해아火孩兒[26] 요괴가 그를 살려주었으니,
앞길에서는 이성랑二聖郎[27]이 당신을 구해줄 것이라네.

정명

이천왕은 요괴를 붙잡고,
손행자는 사도를 모았다네.
사화상은 삼장께 절을 올리고,
귀자모는 애노아를 구했다네.

26) 紅孩兒의 잘못이거나 그의 별명인 듯하다.
27) 二郎神을 말한다.

제4권

맑은 하늘에 붉은 비단* 말아 올려지고,
자운곡紫雲曲** 소리 속에 함소咸韶 음악***이 연주되네.
북두성의 황금 자루를 돌려놓으려고,
마리천魔利天****을 한번 다녀온다네.

---

* 오채색의 꽃구름을 가리킨다.

** 당 현종이 꿈속에서 들었다는 신선의 노래이다. 唐 張讀의 傳奇集『宣室志』 권1에 나온다.

*** 요 임금의 음악 '大咸'과 순 임금의 음악 '大韶'를 합쳐 말한 것이다.

**** 불교의 여섯 欲界天 중 夜魔(摩)天과 忉利天을 합쳐 말한 것으로, 하늘을 가리킨다.

제13척 요괴 돼지가 여인을 현혹하다

(저팔계猪八戒가 등장하여 말한다)

저팔계 천문天門을 떠나 아래 세상에 왔는데,
이 몸에 아쉬움은 조강지처 없는 것뿐이라네.
신통력을 조금만 부려도,
삼계三界의 신령들이 괴로워하겠지.

나는 마리지천摩利支天[1]의 부하 어거장군御車將軍입니다. 해지亥地에서 태어나서 건궁乾宮에서 자랐지요.[2] 딸랑거리는 금방울을 훔치고 철렁거리는 쇠사슬을 빠져나와 흑풍동黑風洞 안에 숨고 백무파白霧坡 앞에 숨어 지냅니다. 주둥이는 길고 목은 두껍고 발굽은 단단하고 털은 뻣뻣한데, 천지의 정화精華를 얻고 산천의 수려함을 붙잡고 이곳에서 여러 해를 지내면서 스스로 흑풍대왕이라고 부르니 전후좌우에 감히 나와 다툴만한 자가 없지요. 산 서남쪽 50리 되는 곳에 있는 배가장裵家莊에 여자가 하나

1) 범어 Marīci의 음역어로 빛이라는 뜻을 가진 護法神이다. 聖母의 형상을 하고 있고 관음보살의 화신으로 여기는 교파가 많다.
2) 亥는 북서쪽에서 조금 북쪽으로 치우친 곳이고, 乾도 북서쪽 방향이다. 乾은 하늘이라는 뜻도 있다.

있는데 북산北山의 주태공朱太公의 아들과 짝을 맺기로 했지요. 그 아들이 집이 가난하여 배공裵公이 혼사를 물리려고 합니다. 그의 딸은 밤마다 향을 사르며 기도하여 주랑朱郎과 만나기를 비는데, 그놈은 담이 작아서 갈 생각도 못하고 있으니, 내가 오늘 밤에 주랑으로 변장해서 여자에게 가서 흑풍동에 데려와 처로 삼으면 참으로 좋지 않겠는가?

무산巫山에 구름과 비가 있는 까닭에,
꿈속에서 양왕襄王을 번민하게 했다네.3)

(퇴장한다)
(배공의 딸이 매향梅香을 데리고 등장하여 말한다)

배해당 저는 배태공의 딸로 이름은 해당海棠이라고 합니다. 어려서 주태공의 아들의 처가 되기로 허락했는데, 그의 집이 가난하여 저의 아버님이 혼사를 물리려고 하십니다. 이 때문에 우리 두 사람의 마음은 좋지 못합니다. 매향아, 이 편지 한 통을 가지고 가서 그분께 전해라. 내가 밤마다 화원에서 향을 사르고 있으니, 당신이 와서 만나 몇 마디라도 주고받자고 한다고 말이다.

매향 태공께서 아시면 저도 혼이 날 텐데요.

배해당 괜찮을 것이야.

(매향이 퇴장한다)(해당이 노래한다)

3) 宋玉의 「高堂賦」와 「神女賦」에 나오는 巫山 雲雨의 이야기를 빌려왔다.

배해당 【선려仙呂 · 상화시賞花時】

편지 한 장에 온갖 근심이 담겨 있나니,
며칠 동안 걱정하여 귀밑머리가 시들었네.
늑장 부리지 말고 얼른 가서,
난봉鸞鳳의 만남을 그르치지 말지니,
담장 낮은 곳으로 뛰어넘어 오세요.

【요幺】

이 대숲 길과 꽃 가득한 시내의 그늘을 따라 지나가면,
버들 드리우고 솔가지 빗긴 저 깊숙한 곳이 나오지.
걱정하지 말고 부끄러워하지도 말 것이니,
황혼 무렵에,
제가 달 보며 남루南樓에 기대어 있지 않게 해주세요.

(퇴장한다)
(매향이 등장하여 말한다)

매향 소저께서 제게 주랑께 편지를 전하게 하시니 주랑이 오늘 밤에 오신다고 하여 소저께 말씀드렸습니다. 향탁香卓을 마련하여 달이 뜰 때 소저께 향을 사르시라고 해야겠습니다.

(해당이 등장하여 말한다)

배해당 주생朱生이 회답하여 오늘 밤에 꼭 오겠다고 했습니다. 향을 사르면서 그분과 몇 마디 이야기를 나누려고 합니다. 가을이 깊으니 둥근 달의 빛이 곱기도 하구나.

【선려仙呂 · 점강순點絳唇】

이슬이 앙상한 삼나무에 맺히고,

안개가 시든 버들가지에 자욱하네.
별빛은 옅고,
가을은 깊어가고,
밝은 달은 거울이 걸린 듯하네.

【요幺】

박정한 그분이 오지 않아,
나 홀로 꽃 아로새긴 난간에 기대어 있네.
하염없이 바라보는데,
까마귀와 까치가 남으로 날며,
님 생각에 잠긴 내 마음을 놀라 깨뜨리네.

【혼강룡混江龍】

대나무 가지 끝이 가벼이 흔들리고,
휘잉 부는 바람이 비단 적삼을 뚫고 들어오네.
근심은 많고 기쁨은 적고,
괴로움만 있고 달콤함은 없다네.
귀뚜라미는 가을 소리를 내며 집 모퉁이에서 울고,
기러기는 구름을 끌고 강남으로 날아가네.
놀러 나온 곳에 잠시 머물러 있는데,
매향이 억지를 부릴까 걱정이지만,
우리 마모嬷姆님[4]께서 너그러이 용서해주시겠지.

【유호로油葫蘆】

나는 이제 부부를 이루고자 하지만,
양쪽에서 우리 남녀가 때를 놓치고 있네.

---

4) 斗姆와 같다. 北斗星의 어머니라는 뜻의 도교 신령이다. 先天斗姆大聖元君, 斗姆元君, 斗姥元君이라고도 한다. 불교의 마리지천보살에서 유래한 신령으로, 생명을 보호하고 복을 내려주는 신으로 신앙되었다.

밤마다 향 사르며 두군斗君[5]께 아뢰고 부처님께 기도하니,
북신군北辰君이 어찌 차마 구덩이에 파묻겠는가?
서방西方의 부처님도 영험과 위력을 드러내지 않으시랴?
이 사방 담벼락을 보니,
마치 만 길의 못을 뛰어넘어야 하는 것처럼 높구나.
우리 저 재주 많으신 분[6]이,
나를 생각하지 않으신다는 말일까?
어찌하랴, 그분의 팔자가 너무도 곤궁하시니.

【천하락天下樂】

언제쯤 좌우에서 호위 받는 마차 타시고,
조관朝冠에 비녀 꽂으시고,
비단 수 놓인 적삼 입으실까.
그때는 친척 아닌 사람들도 와서 앞뒤에서 부축할 텐데.
아버지는 쓸데없는 말씀 안 하시고,
어머니는 차가운 말씀 안 하시고,
화당畵堂에서의 달콤한 봄 잔치를 준비하실 텐데.

(말한다)

매향아, 향탁을 태호석 가까운 곳에 가져다 놓거라.

(매향이 향탁을 놓는다)(해당이 노래한다)

【천창월穿窗月】

태호석 쌓아 만든 바위 옆에 와 보니,
국화에 부는 가을바람이 얼굴을 할퀴고,

---

5) 北斗星의 神君이다. 아래의 北辰君과 같다.
6) 주랑을 가리킨다.

단풍잎은 온통 검붉게 물들었구나.
버드나무를 가리고,
녹나무를 비추던,
둥근 달이 용 같은 구름이 덮여 어두워졌구나.

(저팔계가 등장하여 말한다)

저팔계 오늘 좋은 만남에 갑니다. 달빛 받으며 물에 모습 비추어보니 훌륭한 인물이로다. 저 여자도 자색이 있구나.

(해당이 노래한다)

배해당 【기생초寄生草】
어떤 이가 반짝이는 사모紗帽에,
까만 베 적삼 차림을 하고 있네.
매와 참새처럼 추하고 교활하게 이 몸을 훑어보고,
승냥이 마음으로 개처럼 움직여 숨어서 쳐다보고,
거위처럼 뒤뚱거리며 어리석게 탐욕에 차 있네.

(저팔계가 말한다)

저팔계 소저께 인사드리오.

(해당이 노래한다)

배해당 당신이 얼른 예를 갖출 때 수상함이 보이는데,
나는 통째로 대추를 삼키니 신지 싱거운지 모르겠네.[7]

7) 상대방의 정체를 잘 모르겠다는 뜻이다.

뉘신지요?

저팔계 소생은 주태공의 아들이올시다. 옛날에는 하얗고 깨끗한 사람이었으나 낭자를 애타게 생각하다가 까맣게 말라버렸지 뭡니까. 그 옛날 한나라 사마상여司馬相如와 당나라 최호崔護도 모두 똑같은 증상을 겪었으니,[8] 『통감通鑑』 같은 사서에 다 적혀있다오.

(해당이 노래한다)

배해당 【금잔아金盞兒】

잔뜩 마시고 가득 취하여,
중얼거리는구나.

수재님,

당나라 한나라며 『통감』 이야기는 필요 없습니다,
저의 아버지는 막 잠이 들어 단꿈에 빠지셨으니.
당신은 경전을 보지 않고,
오직 색정만을 탐하는군요.
전혀 생각하지 않는군요, 왕길王吉이 일찍이 인끈을 매고,
공우貢禹가 비녀를 이기지 못한 일을.[9]

---

8) 한나라 사람 사마상여는 소갈병을 앓았고 당나라 시인 최호는 상사병을 앓았다. 저팔계가 상사병에 빠져 새까맣게 된 이유를 두 사람의 이야기를 빌려와서 말하고 있다. 다만 사마상여는 탁문군과 마음이 맞아 야반도주했으므로 사마상여가 상사병에 걸렸던 것은 아니다.

9) 王吉은 한나라 때 昌邑王을 섬겼는데 주군이 황음무도하여 늘 간언을 올리다가 죽음을 맞았다. 貢禹는 왕길의 친구로 여든 살에도 벼슬을 했다. 왕길이 인끈을 맸다는 것은 그가 벼슬을 했음을 말하고, 공우가 비녀를 이기지 못했다는 것은 그가 늙어서까지 벼슬을 했다는 뜻이다.

저팔계 소저, 사망정四望亭에서 집안 사람에게 주과酒果를 내오게 하여 소저와 더불어 소저가 승낙하신 마음을 나누고 싶소. (하인이 주과를 내온다) 소저, 꽃가마도 이리 가져와서 낭자와 함께 가고 싶소.

(해당이 노래한다)

배해당 【삼범후정화三犯後庭花】

꽃가마를 들쳐 메고,
술과 음식 담긴 멜짐을 싸매네.
작은 정자에 가서 잔치 열어 등자橙子와 감자柑子를 쪼개고,[10]
옥산玉山이 무너져도 부축할 필요가 없다네.[11]
서로 기약하고서 서로 빠져들어,
시시비비 떠들도록 내버려두네,
설령 옆 사람들이 모두 차갑게 말을 쏘아댄다고 해도.
마름꽃, 마름꽃 무늬 거울에 비추어본 것은,
내가 일부러 방탕을 탐한 때문이 아니라,
부부의 정이 찬찬히 끼어든 때문이라네.
당신은 부자일 때는 일을 독차지하고,
가난할 때는 남을 속여서,
화목하게 함께 살 수가 없습니다.
당신은 북쪽에 있고 나는 남쪽에 있으니,
제가 어찌 낭군님을 구덩이에 빠뜨리겠습니까?

저팔계 매향아, 부모님이 물으시거든 내가 낭자와 함께 갔다고 말씀드려라.

10) 등자와 감자는 모두 감귤 종류의 과일이다.
11) 李白이 「襄陽歌」에서 嵇康이 술에 취해 넘어질 때 玉山이 무너지는 것 같다고 썼다. 따라서 玉山은 남자에 대한 미칭이다.

(해당이 노래한다)

배해당 【잠살미賺煞尾】

번민의 구덩이를 가득 메우고,
그리움의 짐을 들추어 메네.
나는 풍류의 염정艶情을 억누르지 못하겠으니,
연리지連理枝를 어느 누가 베어낼까?
마름꽃 무늬 거울 바라보며 옥비녀 꽂은 분을 맞이하여,
남산南山을 지나가네![12]
다만 쪽머리에 쓰는 두건과 둥근 깃 저고리가 부족할 뿐.

아버님께서 아셔도 상관없다네,

본래 정혼했던 부부 사이를 어찌 끊을 수 있으랴?
차는 진하고 술은 달고,
바람은 가볍고 구름은 옅으니,
온종일 문에 기대어 수레 기다리는 신세를 면하겠네.

(퇴장한다)
(당승 일행이 등장하여 말한다)

당승 선재, 선재라! 홍해아의 난관을 지나온 뒤로 한 달 남짓 걸어왔는데, 앞에 또다시 높은 산이 구름을 뚫고 은하수에 닿아 있으니, 무슨 산인지 모르겠구나.

손행자 사부님, 이곳은 화륜금정국火輪金鼎國의 경계로, 바로 제자의 장

12) 『詩經』 「齊風」 '南山' 시는 齊 襄公이 누이동생 文姜과 불륜을 행한 것을 풍자한 시이다. 여기에서는 남녀가 부모의 허락 없이 혼인하는 것을 뜻하고 있다.

인 집입니다. 이곳에는 요괴가 지극히 많으니 사부님은 절대로 남의 일에 쓸데없이 상관하지 마세요. 저 산 아래에 큰 숲이 있고 숲에는 어두컴컴한 장원이 하나 있구나. 저리로 가서 쉽시다.

(퇴장한다)

제14척 해당이 소식을 전하다

(해당이 등장하여 말한다)

배해당 그날 주생朱生에게 편지를 보내어 약속했는데, 어느 누가 생각이나 했겠습니까, 이 요마가 주생으로 변해 나를 이곳에 붙잡아 둘 줄을! 산 넘고 물 건너와서 여기가 어디인지 모르겠습니다. 그놈은 오경에 나가서 밤중에야 돌아옵니다. 날마다 이웃 여자들이 나를 모시는데 그것들도 필시 요괴일 것입니다. 여자들이 아주 무섭지는 않지만, 언제쯤 부모님과 남편을 만날 수 있을지 모르겠고, 또 부모님과 남편이 지금은 어찌하고 계실지 모르겠구나! (노래한다)

【중려中呂 · 분접아粉蝶兒】

좋은 밤이 깊고 깊은데,
봉우리가 깊으니 출입을 금하는 종소리도 없네.
나는 사마司馬의 요금瑤琴 소리를 들은 적도 없는데,
망할 상여相如 더러운 놈이,
너무도 심하게 찰싹 짝을 맞춘 것 같네.[1]
이 나무 그림자 산 그늘이 비치니,
싸늘하기가 마치 연못 물에 빠진 듯하네.

---

1) 司馬相如는 卓文君을 몰래 데리고 도주하여 살았다. 제13척 참고.

【정궁正宮 · 육요편六幺遍】

나는 당신 몸에 걸친 비단옷 탐나지 않고,
좋은 짝을 별로 찾고 싶지도 않다네.
더욱이 백옥과 황금이 무슨 필요가 있을까,
재랑才郞은 또 여인의 외모에 빠져 잠자리에 드니.
나는 지금 걱정하네,
누가 스스로 나서서 당신을 대신할까를.
멋진 사내는 바다에서 바늘 찾기만큼 어렵지.
인연은 하늘에서 만들어주는 것이니,
연분이 없다면 어찌 누리겠는가?
지금까지 미루어져 왔으니.

주과酒果를 마련해 두었는데 주랑은 돌아오지 않는구나.

(저팔계가 등장하여 말한다)

저팔계 이 여자를 데려온 뒤 두 집안끼리 서로 고소를 했는데, 고소하고 안 하고는 내가 상관할 바가 아니고 밤마다 즐겁게 놀 뿐이지. 오늘 늦게 돌아와서 낭자가 잔소리할까 걱정이로다. 낭자, 소인이 돌아왔소.

배해당 오늘은 밤이 깊도록 당신을 오래 기다리게 하는군요.

【중려中呂 · 상소루上小樓】

당신은 누구와 잔치를 벌였습니까?
나 홀로 원망을 품게 됩니다.
취한 눈으로 추파를 던지고,
웃는 얼굴로 춘정을 품고,
술은 옷깃을 적셨군요.

술 가득한 술잔을 높이 들고,
귀한 향을 아낌없이 사르고,
원앙 베개 버려두니,
맞아 죽어 마땅한 당신은 복이 넘치는군요.

저팔계 어린 년들이 어찌하여 낭자를 잘 모시지 않았는가?

배해당 아이들도 당신을 오래 기다렸습니다.

【요幺】
그들은 붉은 초에 불을 밝히고,
비단 이불을 깔아놓고,
제가 오면 술을 따른 뒤에,
술을 가져가서,
당신이 오시기를 고대했습니다.

저팔계 이 작은 동굴에서 정말로 낭자를 괴롭게 했구려.

(해당이 노래한다)

배해당 나는 바느질할 생각을 한 적도 없고,
정성껏 단장하고 씻지도 않고,
마음을 다해 베를 짜지도 않았습니다.

저팔계 사람들이 말하기를 그년들이 당신을 잘 모시지 않았다고 하던데, 내가 그년들에게 벌을 내려야겠소.

(해당이 노래한다)

배해당 남이 헐뜯는 말은 듣지 마세요.

저팔계 술을 가져오시오. 내가 낭자와 몇 잔 마시리다. 당신 남편의 성도 주씨이고 나의 성도 주가요, 당신은 한 떨기 꽃이니 우리 고목枯木 두 그루와 함께 해주오.[2] (웃는다) 부모가 생각나시오?

배해당 부모님이 어찌 생각나지 않겠습니까?

【교착사喬捉蛇】

잠깐 동안 조금 즐기고,
가슴을 펴고 또 스스로 마시지만,
일가족을 스스로 찾습니다.

저팔계 내가 이제 옷과 머리 장식을 사서 예물을 마련하여 당신을 집에 한번 보내주리다.

(해당이 노래한다)

배해당 노래 값 비단과,
웃음 판 돈,[3]
이런 것들은 전혀 필요 없습니다.
그저 부모님 얼굴만 한 번 뵐 수 있어도,
당신 은혜를 많이 받는 것입니다.

(손행자가 등장하여 말한다)

손행자 사부님은 이 장원에서 쉬고 계시는데, 나는 마음이 답답하니 이 산이 얼마나 높은지 가서 한번 헤아려 보아야겠다. (산에 오른다)

2) 성적으로 희롱하는 말이다. 고목 두 그루는 주랑과 저팔계를 가리킨다.
3) 노래 값 비단과 웃음 판 돈은 본래는 기녀들의 화대를 뜻하지만 여기에서는 지참금을 말한다.

산은 높고 달은 밝구나. 오줌이나 한방 갈겨야겠다. 저기 새까만 사내가 산허리에서 한 사람을 데리고 있는데, 이놈도 요물이구나. 이놈이 뭐라고 말하는지 들어보자.

저팔계 낭자, 낭자가 노래를 한 곡 부르시오. 내가 술을 마시겠소.

손행자 이놈이 내가 그랬던 것처럼 즐기는구나.

배해당 신령님, 제가 무슨 노래를 부를까요?

저팔계 '염노교念奴嬌'를 한 곡 부르시오.

손행자 '염노교'라고? 내가 이놈에게 '대석두大石頭'나 한 대 먹여 주어야겠다.[4)]

(저팔계를 쳐서 저팔계가 넘어진다)
(해당이 노래한다)

배해당 【십이월十二月】
이 소리는 마치 봄날 우레가 치듯,
화포가 날아오듯 하네.
놀라서 얼음 같은 살결이 떨리고,
식은땀이 줄줄 흐르네.
재주 많은 문장가 송옥宋玉은 보이지 않고,[5)]

4) 염노교는 곡조 이름이고 대석두도 '대석조'라는 宮調의 이름과 비슷하다. '대석두'는 큰 돌덩어리라는 뜻이므로, 곡조 이름을 빌려와서 말장난을 하는 것이다.
5) 송옥은 전국시대 초나라의 유명한 문학가이다. 巫山神女의 이야기를 그린 「高唐賦」와 「神女賦」를 지었다. 여기에서는 손오공에게 맞아서 넘어져 시야에서 사라진 저팔계를 가리킨다.

이 무산신녀巫山神女의 미모를 버려두시니 참기 어렵네.

【요민가堯民歌】

이슬방울 차가우니 비단 버선 축축해지고,
나는 놀라서 볼 붉어지고 온몸이 덜덜 떨리네.

(손행자가 하산하여 말한다)

손행자 낭자는 내가 보이시오?

(해당이 노래한다)

배해당 그 새까만 모습은 사라지고,
이 황금빛 얼굴로 바뀌었으니,
마치 종자기鍾子期가 죽고나서 지음知音을 만난 꼴이네.[6]
당신네 둘의 풍류 마음을 다 받기 어려우니,
차라리 나 혼자 있는 것이 낫다네.

손행자 낭자, 낭자의 남편 얼굴이 정말이지 못생겼소.

배해당 (혼잣말로 말한다) 당신도 못 봐주겠네.

손행자 당신도 요괴인가?

배해당 저는 흑풍산 서쪽에 사는 배태공의 딸로, 이름은 해당입니다. 산

6) 춘추시대 초나라 사람 鍾子期는 친구 伯牙가 연주하는 琴의 곡조의 뜻을 잘 알아차렸지만, 종자기가 죽은 뒤에는 백아의 음악을 이해하는 사람이 없었다. 여기에서 知音이라는 말이 생겼다. 그러나 여기에서는 鍾子期는 猪八戒, 知音은 孫悟空을 뜻한다.

남쪽 마을에 사는 주태공 댁의 며느리가 되기로 허혼했습니다. 남편 집안이 가난하여 저의 아버지는 혼사를 물리려고 하시는데, 저는 밤마다 향을 사르며 하늘에 기도하며 주랑과 하루빨리 만나게 해달라고 빌었습니다. 그런데 뜻밖에도 이 요마가 주생으로 변하여 저를 이 동굴로 끌고 와서 부모님 얼굴을 뵙지 못하게 되었습니다. 신령님, 불쌍하게 보아주십시오!

손행자 나는 신령이 아니고 대당 삼장국사의 상족 제자로 손오공이라고 하오. 이놈은 무슨 요마인가?

배해당 그는 자칭 마리지천의 어거장군이라면서 흑풍대왕이라고도 부릅니다. 제불諸佛을 두려워하지 않고 오직 이랑二郎의 세견細犬[7]만을 두려워합니다.

손행자 내가 오늘 당신 집을 지나갈 것인데, 편지를 전해주고자 하니 어떤가?

배해당 그렇게 해주신다면 사형師兄이 자비를 베푸시는 것이겠습니다. 제가 편지를 쓰고자 해도 종이와 붓이 없습니다. 사형께서 말로 전해주실 수 있지만 증거가 없으니 걱정입니다. 제게 손수건이

7) 二郎은 二郎神을 말한다. 통상적으로는 秦나라 때 灌口에서 촉나라 사람들에게 해를 끼치는 용을 잡았다는 李氷의 둘째 아들인 灌口二郎을 가리키지만, 소설 『西遊記』나 「二郎寶卷」 등 명대 문학 작품에서는 옥황상제의 누이동생 張雲臺의 아들 楊戩 즉 楊二郎을 가리킨다. 楊二郎은 嘯天犬이라는 神犬을 데리고 다니고, 도끼로 桃山을 격파하고 모친을 구해냈다고 한다. 잡극 「西遊記」에서는 灌口二郎이라는 이름으로 나오지만 細犬(호리호리한 神犬)을 데리고 등장하는 것으로 보아 두 전설이 섞였다고 해야 할 것이다.

하나 있는데 아버지께서 제게 주신 것입니다. 아버지가 이 손수건을 보신다면 정말이라고 믿으실 것입니다.

손행자 주시오, 품에 잘 간직하겠소.

배해당 잘 기억해 주십시오.

【반섭조般涉調 · 사해아耍孩兒】

충정을 일일이 당신께 말씀드리오니,
모두 의로우신 사형의 마음에 달렸습니다,
집에 보내는 소식이 묻혀서는 안 됩니다.

손행자 집은 어디시오?

(해당이 노래한다)

배해당 흑풍산 서북쪽에서 찾아보십시오,
문 앞에는 홰나무와 버드나무가 두 줄로 서 있고,
마당 뒤에는 뽕나무와 산뽕나무 그늘이 있습니다.

손행자 아버님은 어떠하신가?

(해당이 노래한다)

배해당 저의 부친께서는 세상에 거리낄 것이 없으시고,
편지를 전해주는 이에게 주실 술과,
노자로 주실 돈을 가지고 계십니다.

이번에 제가 사라진 뒤에 매향이 주생이 저를 데리고 도망갔다고 말했을 것이니, 두 집안이 다투고 있을 것입니다.

【살煞】

우리 집에서 그의 집을 고소했는지,
그의 집에서 우리를 고소했는지는 모르겠지만,
사형께서 가셔서 원망을 없애주세요.

손행자 부모님은 선행을 좋아하시는가?

(해당이 노래한다)

배해당 아버지는 평생 선행을 좋아하고 늘 성정을 수행하시고,
어머니는 어려서부터 소리 없이 불경을 읽으셨습니다.
저를 금지옥엽처럼 길러주셨는데,
오늘은 돼지나 개처럼 살아가고,
토끼가 어지럽히고 여우가 침범합니다.

사부님, 부디 정성을 다해 주십시오.

손행자 걱정하지 마시오. 내일이면 바로 당신 집에서 당신 소식을 알게 될 것이오.

(해당이 노래한다)

배해당 【미성尾聲】

정성이면 태산도 깎아서 밭으로 만들 수 있고,
철창鐵槍도 갈아서 바늘로 만들 수 있습니다.
저희 부부가 만나지 못할진대,
제가 그것을 도모하여 뭐하겠습니까?
오랜 뒤에 모자의 상봉은 모두 당신께 달렸습니다.

(퇴장한다)

제15척 해당을 집으로 돌려보내다

(배태공이 등장하여 말한다)

배태공 백발의 부부가 아들 손자 없이,
딸 하나를 이웃에 시집보내려고 했지만.
슬프다, 이미 상간桑間의 여자가 되었으니,[1)]
해 지는 깊은 산에 울면서 문에 기대어 있네.

이 늙은이는 배태공입니다. 저희 두 식구는 딸아이 하나만 두었는데 지금 열여덟 살이고 이름은 해당이라고 합니다. 어려서 주태공의 아들에게 혼인을 허락했지만 그 집이 가난해져서 저희가 딸을 안 주려고 했습니다. 매향의 말로는 그 아들이 저희 딸을 꾀어 데려갔다고 해서 제가 쫓아가 보았더니 그놈은 또 자기 집에 있었고, 주태공의 집안을 살펴보니 그놈이 저희 아이를 꾀어 데려간 낌새가 없었습니다. 제가 "내 딸이 당신 아들의 꾐에 빠졌소."라고 말했더니 주태공 그 늙은이와 여편네가 욕을 해대면서 우리가 자기네 며느리를 다른 곳에 시집보냈다고 말합니다.

1) 桑間은 河南에 있던 濮水 상류의 지방으로, 음란한 음악이 성행했던 곳이다. 뒤에 음란한 음악을 이르는 말로도 쓰였고, 여기에서는 남녀가 밀회하는 장소의 뜻으로 썼다. 『禮記』「樂記」 등에 나온다.

이렇게 되니 여러 친척들이 그만 싸우라고 말리면서 가서 찾아 보라고 했습니다. 그자는 필시 며칠 안으로 관가에 고발할 것 같은데, 오늘쯤 오지 않을까 합니다.

(주태공이 어린아이를 데리고 등장하여 말한다)

주태공 만금이나 되는 재산을 하루아침에 잃어버렸지만,
아들 하나 있어 가난과 걱정에도 위로가 되었네.
누가 알았으랴, 염량炎涼의 세태가 심하니,
오랜 인연이 원수로 변할 줄을.

이 늙은이는 주태공입니다. 저는 본래 돈이 좀 있었는데 집에 불이 나서 가산이 몽땅 타버려 지금은 가난한 신세입니다. 이곳의 부잣집인 배태공 집에 열여덟 된 고운 딸이 하나 있는데 어려서 혼약을 맺어 며느리가 되기로 했었습니다만, 이 노인네가 저희 집이 가난해진 것을 보더니 혼인을 물리자면서 변심하더군요. 저희는 대답하지 않았습니다. 며칠 전에 그자가 와서는 우리 아들이 자기 딸을 꾀어갔다고 하던데, 분명히 우리 며느리 될 사람을 다른 사람에게 시집보낸 것 같습니다. 이를 어찌 두고 보겠습니까? 그자가 요 며칠 동안 안 보였는데 오늘은 어쨌든 그자와 함께 관가에 가 보아야겠습니다. (배태공을 만난다) 우리 며느리를 돌려주시오.

배태공 우리 딸아이를 돌려주시오. (서로 붙잡는다) 내가 당신과 함께 관가에 가야겠소. (걸어간다)

(당승 일행이 등장하여 말한다)

당승 오늘 흑풍산에 당도했구나. 사람들이 시끄러운데 무슨 일입니까?

주태공 스님, 이 늙은이는 주씨이고 아들 하나를 낳아 어려서 배태공의 딸과 혼약을 맺었습니다. 그런데 운수가 사나워 집에 불이 나서 가산이 몽땅 타버려 가난해졌습니다. 그 뒤에 이 노인네가 마음이 변해 혼사를 물리려고 하길래 저희는 따르지 않았습니다. 이 자가 며칠 전에 와서는 저희 아들이 자기 딸을 꾀어갔다고 말하는데, 필시 저희 며느리를 다른 집에 시집보낸 것 같습니다. 제가 오늘 이 자와 함께 관가에 가는 중입니다.

당승 선재, 선재라! 이런 일이 있었습니까?

손행자 이봐, 당신이 배씨요?

배태공 제가 배씨입니다.

손행자 당신은 소란을 피우지 마시오! 당신 딸이 보고 싶거든 내게 물어보시오. 당신 딸은 크지도 작지도 않고 곱상하게 생기고 이름은 해당이라고 하지. 맞소?

당승 이 원숭이 놈이 또 말썽을 일으키는구나. 네가 어찌 아느냐?

손행자 제가 아는지 모르는지를 묻지 말고, '조천자朝天子'라는 노래를 한번 들어보십시오.

【중려中呂 · 조천자 朝天子】

배씨는,

잘 들으시오,
내가 자세히 얘기할 테니.
주씨네 아들은 당신 사위인데,
짝을 이루지 못했소.
한쪽은 재산이 있고,
한쪽은 재산이 없어서였는데,
요마에게 끌려가 동굴에 있다네.

배태공 형씨, 그것을 어찌 아시오?

손행자 당신은 내가 어찌 사연을 아느냐고 묻는구나,

다른 곳은 살필 필요가 없소.

이 손수건은 누구 것인가?

(배태공이 통곡하며 말한다)

배태공 저희 딸아이 것입니다. 사형, 저희 딸을 어디에서 보았소?

당승 행자야, 네가 어떻게 알았느냐?

손행자 이 제자의 말씀을 들어보십시오. 배 영감, 우리 사부님은 대당의 삼장국사이신데, 서천에 불경을 가지러 가시는 길에 밤이 되어 한 장원에 묵어가게 되었지. 사부님은 잠이 드셨는데 나는 잠이 안 와서 산에 올라가 구경을 하고 있었지. 그런데 멀리 산허리에 사모를 쓰고 새까만 얼굴을 한 사람이 여자를 데리고 술을 마시면서 여자한테 '염노교'를 부르게 하고 있는 모습이 보이지 않겠는가. 내가 '대석조大石調' 한 개를 집어들어 던졌더니 휙 소리가 울리고 그놈은 어디론가 사라졌지. 그 여자는 자기가 배태공의 딸이고 이름은 해당이며 주태공 집의 며느리가 되기로 했었는데 자기 아버지가 허락하지 않아 밤마다 향을 사르며 기도하고 있었는데 갑자기 주랑이 와서 자기 집이 가난하지만 데리러 왔다고 했지. 그런데 이 요마가 주생 모습으로 변해 자기를 동굴로 끌고 왔다고 했지. 그러면서 집에 편지를 전해달라고 하더군. 내가 무엇으로 신표를 삼으면 좋겠느냐고 했더니 나한테 이 손수건을 주더군. 자초지종을 모두 얘기해 주었으니 이제 딸의 행방을 알겠지. 그는 요마 때문에 신세를 망쳤는데 당신네 둘은 소란이나 피우고 있군.

배태공 스님께서 저희 집으로 가셔서 상의하시기를 청합니다. (집에 도착한다) 사형, 무슨 요마라는 말입니까?

손행자 산신山神이나 토지土地는 어디에 있느냐?

(토지신이 등장하여 말한다)

토지신 스님께 머리를 조아립니다.

당승 토지, 저 배태공의 딸은 무슨 요괴가 끌고 갔는가?

토지신 소성小聖도 알지 못합니다. 그 해 팔월 보름날 밤에 흑송림 안에서 본모습을 드러낸 것을 보았는데 높이는 팔 척이고 몸길이는 한 길쯤 되었습니다. 자세히 보니 커다란 돼지 모습이었습니다.

손행자 돼지 요괴로구나? 내가 가서 처치해야겠다.

토지신 행자, 지략을 써야지 용기만 가지고서는 안 됩니다. 감당할 수 있다면 직접 손을 쓸 수 있지만 그렇지 않다면 뒷골목의 왕도王屠[2]를 찾아가야 합니다.

당승 행자야, 부디 조심하거라.

(퇴장한다)
(배해당이 등장하여 말한다)

배해당 어젯밤에 크게 놀랐더니 오늘 몸이 좋지 않네. 행자가 편지를 전해준다고 했는데 어찌 되었을까? 주랑이 아침에 나가더니 지금까지 돌아오지 않는구나. 여인 몇 명과 함께 술상을 마련해놓고 주랑이 돌아오기를 기다려야겠네. 산의 경치가 좋기도 하구나. (노래한다)

【정궁正宮 · 단정호端正好】
비는 갓 그치고,
구름은 막 흩어지는데,
산바람 세게 부니 비단 소매에 한기가 드는구나.
맑은 달빛이 은처럼 반짝이는데,
난간에 기대어 한참을 쳐다보네.

【만고아蠻姑兒】
바라보다가,
흥이 다하니,
쌩쌩 불어오는 바람과,

2) 백정을 말한다.

삽삽한 가을 소리,
근심과 번민에 마음이 아프구나.
집이 그립지만 어디에 있을까?
만나기가 어려우리니,
구름에 닿은 어둑한 나무들을 바라보네.

【곤수구滾繡毬】

요즘은 좋은 밥 먹기도 싫고,
몰래 구슬 같은 눈물 털어내니,
정말이지 차도 밥도 안 먹으며,
그리움만 깊으니 마치 베개 베고 괴안국槐安國 꿈을 꾼듯하네.[3]
곁에는 여러 사람들이 있고,
눈앞에는 무수한 산들이 있네.
깊은 계곡을 흐르는 물소리 듣고 나니,
원숭이 울음소리가 산속의 추위를 깨뜨리네.
벽오동에 맺힌 이슬 차가운데 얼음 같은 살결은 수척하고,
붉은 잎새에 가을 깊을 때 피눈물이 마르니,
붉었던 얼굴은 다 변해버렸네.

【도도령叨叨令】

가끔 흘러가는 계곡물 굽어보면,
홀로 야윈 말 타고 가는 연운잔도連雲棧道보다 험하고,[4]
푸른 소나무 계곡의 학 울음소리는,
비파 소리 속에 임금님 은혜 끊어진 것보다도 구슬프다.[5]

---

3) 槐安國은 唐 李公佐의 傳奇「南柯太守傳」에 나온다. 주인공 淳于棼이 잠이 들어 괴안국에서 부귀영화를 누리다가 깨어나서 인생이 꿈같음을 깨닫는 이야기이다. 여기에서는 집이 그리워도 마치 꿈같다는 뜻으로 쓰이고 있다.

4) 連雲棧道는 陝西 漢中 지역에 있는 棧道의 이름이다. 關中에서 四川으로 통하는 길에 있었다.

이 어찌 괴롭지 않을까,
이 어찌 괴롭지 않을까.
언제쯤 술 한 잔 다 마시기 전에 생황 노래 끝나는 때가 오려나.6)

(손행자가 등장하여 말한다)

손행자 잡담을 나누는 사이에 벌써 동굴 안에 도착했구나. 낭자는 어디에 있소? 내가 이미 낭자 댁 태공에게 편지를 전달했으니, 나와 함께 갑시다.

배해당 고맙습니다, 신령님. (산을 내려간다)(해당이 노래한다)

【반서생伴書生】
옛날엔 녹창綠窓 아래에서 바늘 잡기도 싫었고,
비단 장막 안에서 몸을 움직이기도 귀찮았지.
오늘은 저 구름이 하늘에서 흩어지니,
바람 타고 날아간 열자列子보다도 허환虛幻되구나.7)
구름 붙잡고 비 뿌리는 일을 어느 누가 익숙했던가?8)
묻나니, 어디가 무산巫山인가?

【소화상笑和尙】
구름은 어둑어둑 눈앞을 흐리게 하고,

---

5) 漢 劉歆 또는 東晉 葛洪이 지었다는 『西京雜記』 등에는 한나라 때 王昭君이 흉노 땅으로 끌려가서 비파를 타며 고향을 그리워했다는 이야기가 전한다.

6) 元 陳草庵의 散曲 「中呂·山坡羊」에 "繁華般弄, 豪傑陪奉, 一杯未盡笙歌送."라는 구절이 있다. 좋은 사람과 만나서 즐기는데 술 한 잔 다 마시기 전에 생황 노래가 끝나서 아쉽다는 뜻이다. 여기에서는 헤어진 가족을 만나 기뻐하고자 하는 뜻을 나타낸다.

7) 『莊子』 「逍遙遊」에 列子가 바람을 타고 간다는 구절이 있다.

8) 구름 붙잡고 비 뿌리는 일은 남녀가 사랑하며 어울리는 것을 말한다.

안개는 자욱하게 푸른 하늘을 가렸는데,
숨이 차고 땀이 흐르네.
마치, 마치, 마치,
닭 울음 흉내내어 함곡관函谷關 지나가는 듯하고,[9]
정말, 정말, 정말,
말이 뛰어 미량천美良川을 건너가는 듯하네[10]
당신께 전별해 드릴 만한 물건이 없고,
당신의 말 안장을 묶어둘 방법이 없습니다.
자, 자, 자,
제가 직접 당신께 절이나마 삼천만 번 올리겠습니다.

손행자 많이도 절을 하니 배가 부르구나!

(퇴장한다)
(당승, 배태공, 주태공 일행이 등장하여 말한다)

당승 손오공이 여태 오지 않는구나. 지금쯤 올 때가 되었는데.

(손행자가 해당을 이끌고 등장하여 말한다)

손행자 낭자, 낭자의 집에 도착했소.

(서로 만나 통곡한다)(해당이 노래한다)

---

9) 『史記』「孟嘗君列傳」에 나오는 고사이다. 孟嘗君이 秦나라에 인질로 잡혀있다가 기회를 틈타 벗어나 函谷關에 이르렀을 때 닭 울음 소리를 잘 내는 사람을 시켜 울게 하여 새벽인 줄 안 관문 수비병들이 문을 열어주어 탈출에 성공한다.

10) 『新唐書』「劉武周列傳」에 나온다. 尉遲恭이 劉武周를 모시고 있었으나 李世民이 美良川에서 劉武周를 격파하고 尉遲恭은 李世民에게 귀순한다.

배해당 【당수재儻秀才】

산속 동굴에서 보얀 얼굴이 수척해지고,
초당草堂에서 눈물조차 말라버렸네.
고맙게도 스님께서 제게 채찍 끝으로 가리켜 주셔서,
저는 보석 팔찌를 풀어놓고,
눈썹 화장을 지우고,
치마허리를 바로 잘라냈습니다.

당승 가족들이 모두 만났구나.

손행자 낭자, 낭자를 끌고 간 놈이 무슨 요괴인지 아시오?

배해당 모릅니다. 다만 술에 취한 뒤에 자기는 이랑의 세견을 두려워한다고 말하더군요.

손행자 토지에게 물어보니 돼지 요괴라고 했소. 용군과 사화상은 사부님과 함께 장원에 있어라. 나는 그 요괴놈을 잡으러 가겠다. 다만 그놈의 법력이 어느 정도인지 모르겠으니, 내가 항복시킬 수 있으면 그렇게 하겠지만 그렇지 못하면 바로 보타산으로 가서 관세음께 아뢰어 이랑을 보내 거두게 하여 두 집안의 후환을 없애버리겠소.

배태공, 주태공 다시 낳아주신 부모님이요, 또 길러주신 양친과도 같으십니다.

당승 제자는 조심하거라.

자비를 크게 펼쳐야 비로소 도를 이루고,
탐욕을 멈추면 그것이 바로 출가로다.

부디 조심하여 얼른 다녀오너라.

(손행자가 퇴장한다)

당승 두 분 노인은 좋은 날짜를 골라 자식들을 짝지어 주세요.

배태공, 주태공 삼가 법지法旨에 따르겠습니다.

(해당이 노래한다)

배해당 【곤수구滾繡毬】

오늘 구조되어 돌아오니,
초가집에서,
탄식하지 않게 되어
부모님과 자식들의 마음이 편안합니다.
스님의 은혜와,
행자의 민첩함 덕분에,
저를 구해주시니 어려움이 사라졌습니다.
급히 돌아오니 봄빛은 거의 다 사라지니,[11]
연지색 꽃들 다 지고,
초록 잎새 무성하게 비췻빛을 이루어,
부질없이 이 먼지 같은 세상에 있구나.

【미尾】

숲에서 꾀꼬리 떠나가며 노랫소리 느리고,
거울에는 난새가 홀로 춤추는 모습이 외로워라.
부자父子가 다시 만나니 기쁨이 무한하고,
부부가 짝을 이루기까지 각자 어려웠네.

---

11) 봄빛이 다 사라졌다는 것은 남녀의 사랑이 다 사라졌다는 뜻을 비유하기도 한다.

스님께 감사드리오니, 정말이지 세상에서 드문 분입니다.

(퇴장한다)

배태공 스님, 하룻밤 묵으시고 내일 일찍 떠나십시오.

(퇴장한다)
(저팔계가 등장하여 말한다)

저팔계 배씨 늙은이가 무례하게도 내 마누라를 데리고 집으로 돌아갔구나. 나를 집으로 불러 사위로 삼겠다고 했는데, 생각해보니 그것도 좋겠다. 동굴에서 밥 먹기 불편한 것보다는 낫겠지. 오늘 그 집으로 가보아야겠다.

(퇴장한다)
(배태공이 등장하여 말한다)

배태공 어제 손오공이 돼지 요괴를 붙잡으러 갔는데 아직 돌아오지 않는구나. 이곳에서 기다리고 있어야겠다.

(손행자가 등장하여 말한다)

손행자 내가 그 돼지 놈을 붙잡으러 갔지만 동굴에 없을 줄은 몰랐네. 오늘 배공의 장원에서 기다리면서 계책을 정하자. 아마 제 발로 올 것이니.

(배태공이 손행자와 만나 이야기를 주고받는다)

손행자 당신 딸은 다른 곳에 잘 숨겨두고 내가 그 옷을 입고 방 안에

있겠소. 그 요마가 오면 방으로 들여보내시오. 그러면 내가 그놈을 처치해 버리겠소. (방에 들어간다)

배태공 저기 멀리서 새까만 사내가 오는데 아마 그 돼지 같다.

(저팔계가 등장하여 배태공과 만난다)

배태공 누구십니까?

저팔계 사위올시다. 몰라보시겠습니까?

배태공 회친會親 음식을 못 먹어서 몰라보았네.[12]

저팔계 장인 어른, 신부의 방은 어디에 있습니까?

배태공 여기가 아이의 방일세. 들어가 보시게.

(배태공이 퇴장한다)(저팔계가 방에 들어가서 주과가 차려지고 등촉이 켜진 모습을 보고 말한다)

저팔계 낭자, 내가 이곳으로 오기를 기다리면서 먼저 왔구려. (신부를 만진다) 앗! 다리가 두껍기도 하다.

손행자 내가 노래 한 곡을 불러주겠다.

【쌍조雙調 · 안아락雁兒落】

12) 혼인한 지 사흘째 신랑이 신부 집에 가서 장인 장모에게 인사하는 것을 會親이라고 했다. 이때 신랑 쪽이 음식을 준비하여 가져갔다.

너는 고당高唐의 이야기를 상상하겠지,
“내가 운우 속의 양왕 꿈을 꾸겠지”라고.
우리는 가는 몽둥이가 굵은 몽둥이를 만난 격이요,
긴 창이 짧은 창을 만난 격이지.

【요幺】
그렇게 광분하지 말아라,
나와 너는 같은 상相이다.
우리는 끌고 갈 수 있는 여자가 아니요,
바로 패왕霸王 닮으려는 원숭이와 돼지라네.

(저팔계를 때려서 저팔계가 도망간다)(손오공이 쫓아간다)(화룡火龍이 급히 등장하여 말한다)

화룡 보고, 보고! 사부님이 그 요괴에게 끌려갔습니다!

손행자 이 요마가 어떤 놈인지 모르겠구나. 낭자의 말로는 그놈이 이랑의 세견을 두려워한다니, 내가 관음불을 뵙고 이랑을 보내 우리 사부님을 구해달라고 말씀드려야겠다.

(퇴장한다)

第16척 이랑의 세견이 저팔계를 붙잡다

(관구이랑灌口二郎이 손행자와 함께 등장하여 말한다)

이랑 부주산不周山에서 천오天吳를 깨뜨리고,[1]
일찍이 공공共工을 태아太阿 검으로 베었다네.
누가 해를 쏘았다는 유궁씨有窮氏[2]를 쳐주는가?
오악五嶽을 높이 메고 금오金吾를 쫓아가노라.[3]

소성은 관구이랑신입니다. 관세음의 법지를 받들어 당승을 구하러 가고자 합니다. (노래한다)

【월조越調 · 투암순鬪鵪鶉】

해와 달이 차고 이지러지고,
강산이 변하는 모습을 보았다.
관구에서 위세를 펼치고,
하늘 끝에서 이름을 드러내었지.

---

1) 부주산은 신화 속의 산으로 공공이 부딪쳐 무너졌다고 한다. 『山海經』「大荒西經」, 『淮南子』「天文訓」 등에 나온다. 천오는 신화 속의 水神이다. 『山海經』「海外東經」과 「大荒東經」에 나온다.
2) 해를 쏘아 떨어뜨렸다는 신화 인물 后羿를 말한다.
3) 金吾는 해를 말한다. 이랑신은 산을 어깨에 짊어지고 해를 쫓아가다가 산에 깔렸다고 한다.

곽압직郭壓直은 검은 수리를 들고,
금두노金頭奴는 세구細狗를 끌고 있다.[4]
궁노弓弩를 등에 메고,
탄환彈丸[5]을 쥐고 있다,
탁금강濯錦江[6] 머리에서,
연운잔도 옆에서.

【자화아서紫花兒序】

굴복시키니 산신들은 두려워하고,
목객木客들은 숨어버렸고,
짐승들은 웅크려 있다.
답답할 때면 산을 지고 해를 쫓아가고,
한가할 때는 화초를 가까이하여 하늘만큼 키운다.
편안하게 지내니,
추위와 더위가 재촉해도 어느 해인지 모른다.
만물은 때에 따라 변하고,
솔가지처럼 약하니,
바다가 변해 뽕밭이 되는구나.

【금초엽金蕉葉】

쟁 뜯고 완함阮咸[7] 타려고 하다가,
갑자기 관음의 부르심을 받았네.
서천 가는 길에 요마들이 많으니,
이들을 막아 당승을 보호하라고 하시네.

4) 곽압직과 금두노는 이랑신의 부하이다.
5) 彈弓으로 발사하는 탄알이다. 진흙, 돌, 쇠 따위로 만든다.
6) 四川 成都 부근을 흐르는 강이다. 錦江이라고도 한다.
7) 옛 비파의 일종으로 4현으로 된 현악기이다.

신장神將들은 서둘러 동굴 앞을 막아라. 그 요괴가 어떤 몰골인지를 보겠다.

【조소령調笑令】

이 동굴 앞에 와서,
크게 소리치니,
해 지는 빈 산에 두견새 우는 풍경[8]이라 여기지 말라,
천병天兵들이 산천에 잔뜩 깔렸으니.

손행자 상성上聖, 이놈은 신통력이 크고 전능합니다.

(이랑이 노래한다)

이랑 손행자가 마차 앞에서 말을 하는데,
너는 그놈의 신통력이 크고 자유자재하다고 말하지만,
그저 깊은 산 속에서 천지를 속이고 있지 않는가.

(저팔계가 무대 안에서 크게 놀란다)

이랑 【독시아禿廝兒】

구름 기운이 가득하더니 천병들이 갑자기 나타나고,
안개 바람이 거세게 불어 하늘과 땅이 붙고,
땅으로부터 누런 바람이 휘말려 올라가도다.
지체하지 말고,
늦추지 말고 잡아서 묶어라.

---

8) 唐 李白의 시 「蜀道難」 중에 "又聞子規啼夜月, 愁空山.(두견새 달밤에 우는 소리 듣나니, 빈산에는 수심이 가득하네.)"이라는 구절의 뜻을 빌린 것이다.

(저팔계가 튀어나와 이랑을 만나서 말한다)

저팔계 이랑신, 너는 나와 무슨 원수가 졌길래 나를 붙잡으려고 왔느냐?

이랑 이 요마야, 나는 관음의 법지를 받들어 너를 붙잡으러 왔다. 네가 만약 진심으로 부처님께 귀의하면 관세음께 잘 말씀드려서 너도 정과正果를 이룰 수 있게 해 주겠다. 만약 귀의하지 않는다면 너를 세견에게 물려 죽게 하겠다.

저팔계 다른 놈들이 너를 두려워해도 나는 네가 두렵지 않다.

(이랑이 노래한다)

이랑 【성약왕聖藥王】
몰골은 새까만 숯덩어리 같고,
부하들은 불에 탄 고깃덩이 같구나,
옥비녀 꽂고 구슬 신발 신은 손님들이라고 생각하지 말지어다.[9]
한쪽에서 뿔피리 울리고,
한쪽에서 징과 북 두드리나니,
악대樂隊가 집 앞에 왔다고 짐작하지 말아라,
요괴의 담력이 하늘만큼 크구나.

손행자 이 돼지 요괴야, 네놈이 감히 나와 상대하겠느냐?

저팔계 내가 어찌 싸움을 겁내겠느냐?

(싸운다)(이랑이 노래한다)

9) 이랑과 부하들이 놀러 온 손님이 아니라 저팔계를 붙잡으러 왔다는 뜻이다.

이랑 【마랑아麻郞兒】

곽압직은 위풍을 펼치지 못하고,
손행자도 힘을 떨치지 못하는구나.
삼천 합을 싸웠는데도 정신이 더욱 살아나니,
이 소성도 못된 요물을 처치하기가 어렵구나.

여봐라, 신장들은 얼른 세견을 풀어 저 요마를 물어뜯게 해라.

(세견이 싸운다)

【요幺】

즉시 보내어,
얼른 끌고 가니,
세견이,
본 모습을 보고 곧장 앞으로 달려가는구나.
얼굴 새까만 놈이 간담이 서늘해져서,
목숨을 살리려고 동굴로 도망가니 붙잡기 어렵구나.

(저팔계가 도망가고 세견이 쫓아간다)

【졸로속拙魯速】

이 개는 풀밭을 뒹구는 힘이 충분할 것이고,[10]
집을 보호하는 뜻이 굳셀 것이고,
도둑을 막는 본성이 흔들림 없고,
모습을 보면 짖는 뜻이 확실하지.
토끼 바라보고 여우 쫓는 모습은 날렵하고 다부지고,
아주 영리하여 너그럽게 봐주지 않으니,

10) 개가 불이 난 풀밭에서 잠든 주인을 살리기 위해 몸에 물을 묻혀 풀밭을 뒹굴어 불을 껐다는 고사에서 나온 말이다. 晉 陶淵明의 『搜神後記』에 나온다.

(개가 저팔계를 붙잡아 문다)

언덕 앞에서 한입에 요괴를 물어 넘어뜨렸구나.

(부하들이 저팔계를 묶는다)(당승이 풀려나 등장하여 감사의 뜻을 표한다)

당승 이랑 대성께 아룁니다. 출가한 사람이라 자비를 생각하고 구제를 생각하니, 신성神聖께서는 불천佛天의 삼보三寶를 생각하셔서 이 요괴를 용서해주시고, 제게 주어 호법護法하게 해 주십시오.

(이랑이 노래한다)

이랑 【요幺】

못된 요마는,
아무리 해도 안 되었는데,
우리 사부님에게 아뢰니,
정말이지 가련히 여겨 주셨다.
네가 만약 심원心願을 내려놓고,
스님을 따라가며,
광분하지 말고,
일심으로 참선하면,
네가 생령들을 해친 죄업을 용서해 주리라.

저팔계 법지대로 따르겠습니다.

이랑 당승, 가는 길 조심하시오. 내가 스님을 보우하리다.

【미尾】

길 떠나는 마음이 시위를 떠난 화살 같건만,
앞으로 가면 무슨 일이 일어날 것인가?

마녀국魔女國의 죄업이 깊고,
화염산火焰山의 환난을 떨쳐내기 어려우리라.

정명

주태공은 관가에 고발하고,
배해당은 요괴를 만나다.
삼장법사는 손오공에게 의지하고,
이랑신은 저팔계를 거두다.

제5권

만 리에 봄빛이 절기 따라 퍼지고,
삼천三天의 보록寶籙이 날이 밝도록 펼쳐지네.*
밝고 맑은 용녀가 구슬을 받쳐 들고 나오니,
신선이 달을 가지고 돌아온 것인가 하네.

* 三天은 불교에서는 欲界, 色界, 無色界의 三界를 가리키고, 도교에서는 淸微天, 禹餘天, 大赤天을 뜻한다. 寶籙은 도교에서 미래의 예언서를 뜻하고, 봉황이 황제와 요 임금에게 주었다는 天命을 상징하는 圖讖의 뜻으로도 쓰인다.

제17척 여왕이 혼인을 강요하다

(당승이 손행자, 저팔계, 사오정, 용마를 이끌고 등장하여 말한다)

당승 흑풍산을 떠나서 여인국에 도착했구나. 손행자야, 여인국이 무엇이 좋다는 말이냐?

손행자 사부님, 이 제자는 구리 힘줄과 쇠뼈, 불 눈과 금 눈동자, 놋쇠 똥구멍과 주석 두른 양물을 갖고 있습니다. 사부님이 만약 겁이 나시면 저를 내쫓아 제자 노릇을 못하게 하십시오.

당승 기왕 이곳에 왔으니 무서운들 어떻게 하겠느냐? 그냥 앞으로 가자. 먼저 통관 문서를 보내고 나서 성으로 들어가자.

(퇴장한다)
(여인국 왕이 등장하여 말한다)

여왕 자동子童[1]은 여인국의 왕입니다. 우리나라에는 남자가 없고 달이 찰 때마다 우물에 비추면 아이가 태어납니다. 우리 선대 국왕께서 한나라에 사신을 보내서서 광무황제光武皇帝 때 중국에 들

1) 后妃나 仙女가 스스로를 일컫는 호칭이다.

어가 조대고曹大家[2]를 스승으로 모시고 경서經書를 수레만큼 받아서 돌아왔습니다. 지금에 이르기까지 나라 안의 여인들이 글을 알고 역사를 알아 한 나라를 세웠으니 쉽지 않은 일이었습니다. (노래한다)

【선려仙呂 · 점강순點絳唇】

보전寶殿에서는 향기가 퍼지고,
미인들이 부축하여,
옥 계단을 올라가네.
칠보 깃발 늘어세우고,
금칠金漆한 높은 곳에 단정히 앉네.

【혼강룡混江龍】

내가 어찌 항아嫦娥와 닮지 않았으랴,
광한궁廣寒宮을 가져와서,
오운향五雲鄉에 옮겨다 놓았네.[3]
양쪽으로 견주어보면,
똑같이 처량하다네.
항아는 밤마다 월굴月窟에서 홀로 잠들고,
나는 아침마다 나라를 홀로 지키지.
비록 저 강성한 문무 신하들 없지만,
재상과 관원들이,
연지와 분 바르고 두 줄로 늘어서 있는데,
사방 벌판의 칼과 창은 없다네.

---

2) 한나라 학자 班固의 여동생 班昭를 가리킨다. 曹世叔에게 시집가서 和帝 때 입궁하여 皇后와 妃嬪을 가르치는 교사가 되어 曹大家라고 불렸다.

3) 항아는 달에 사는 선녀이다. 또 광한궁은 달을 뜻하고 오운향은 신선이 사는 곳을 말한다.

천 년 동안 오로지 우물에서 태어나서,
평생토록 남자 모습 본 적이 없네.
그림 한 폭을 보아도 마음이 두근대고,
흙으로 빚은 상을 보아도 마음이 상한다네.

어제 관문에서 문서가 왔는데, 대당의 국사가 서천으로 불경을 가지러 가는 길에 우리 땅을 지나간다고 하니 내가 그를 영접하러 나가야겠다.

【유호로油葫蘆】

그가 대당을 떠난 지 몇 년이 지나,
우리 땅에 왔다고 하니,
얼른 서둘러서 향안香案을 준비하여라.
오늘 불경을 가지러 가면서 우리 조정을 지나가면,
취하여 평강항平康巷에 잘못 들어서는 것과 같으리라.[4]
나는 총명한 여인이요,
그는 젊은 사내라네,
누가 그를 어리숙하게 내 꽃 그물에 걸려들게 할 것인가,
금빛 궁전에 원앙 가두어놓게 준비하리라.

【천하락天下樂】

반드시 부드러운 봄바람이 집안에 가득하게 만들 것이니,
살진 양을 잡고,
온갖 맛있는 음식 마련하여,
저 채소 만두 먹는 남자와 함께,

---

4) 平康巷은 平康里라고도 한다. 당나라 때 長安의 지명으로, 妓樓가 많았다. 唐 白行簡의 소설 「李娃傳」에 남자 주인공이 平康巷에 가서 절세의 미녀를 보고 거짓으로 채찍을 떨어뜨리고 하인이 집어줄 때까지 한참 동안 미녀를 쳐다보았다는 내용이 있다.

배를 채우리라.
경대鏡臺 준비하여 그를 붙잡아 남편으로 삼고,
몸 던져 그의 정실부인이 되리니,
정말이지, “사내는 모름지기 강해야 한다네.”[5]

(당승이 일행을 이끌고 등장하여 말한다)

당승 빈승이 여국女國에 당도하니 꿈속에서 위태존천韋馱尊天[6]께서 나타나셔서 한바탕 마장魔障이 있을 것이라고 알려주셨는데, 어떤 마장일지 모르겠습니다. 성안에 도착했구나. 대당의 국사가 뵙고자 한다고 알려주시오.

(여왕이 당승 일행을 맞이하고 말한다)

여왕 스님이 오시는 것을 알았다면 마땅히 멀리까지 나가서 영접했어야 하는데, 그러지 못했으니 용서를 바라오.

당승 당치 않으십니다. 부처님께 귀의하고 불법에 귀의하고 불승에 귀의합니다.

여왕 훌륭한 중이로다!

【나타령那吒令】
풍채가 훤칠하니,
귀왕鬼王을 돕겠고,

5) 北宋 사람 汪洙의 시 「神童詩」의 한 구절이다.
6) 불교의 호법신이다. 四天王 중 南方 增長天王의 여덟 신장 가운데 하나이고, 三十二天의 우두머리로 발이 매우 빠르다고 한다. 제8척 참고.

용모가 선량하니,
범왕梵王을 돕겠고,
가슴 속에 지략이 있으니,
제왕帝王을 돕겠구나.
머리는 쪽빛처럼 푸르고,
말소리는 봄날의 우레처럼 우렁차니,
이 중은 정말이지 평범하지 않구나.

술을 가져오너라, 스님을 대접해야겠다.

당승 소승은 술을 마시지 않고 훈채葷菜[7]를 먹지 않습니다.

(여왕이 노래한다)

여왕 【작답지鵲踏枝】
네모난 주기酒器를 들어 경장瓊漿을 따르고,
봄 파 같은 손가락 내밀어 술잔을 받드네.

당승 낭낭, 속히 업을 닦으시지요. 무상無常[8]은 끝이 있습니다.

(여왕이 노래한다)

여왕 두 사람의 마음이 다정할 수 있다면,
그를 하루 만에도 무상하게 만들어주리라.
천마녀天魔女가 사악하게 기량을 펼치면,
당신의 석가불도 마음을 억누르지 못할 것이리라.

---

7) 파, 마늘, 부추 등의 매운맛이 나는 채소를 뜻하고, 생선이나 육류로 만든 음식을 이르기도 한다.
8) 여기서는 남녀 간의 情事를 뜻한다.

(여왕이 당승을 껴안는다)

손행자 낭낭, 우리 사부님은 동정童貞이시라 끓는 물[9]을 못 드시니 제가 대신 마시게 해 주시오.

당승 선재, 선재라! 저는 출가인입니다.

(여왕이 노래한다)

여왕 【기생초寄生草】
승복에 연지가 묻고,
가사에 분이 얼룩졌네.
마등가魔騰伽가 아난阿難을 음산淫山으로 끌고 간듯하고,[10]
귀자모가 여래를 영산靈山에서 둘러싼 듯하고,
무지기巫枝祇가 장승張僧을 귀산龜山에서 붙잡은 듯하네.[11]
나 마왕이 진승眞僧을 해치려는 것이 아니라,
지금은 모든 여인들이 스님을 찾고자 한다네.

손행자 소행小行[12]이 낭낭을 위해 군사를 부려 장차 조신朝臣이 되겠사오니 저희 사부를 용서해주십시오.

---

9) 情事를 비유하는 말이다.

10) 마등가는 摩登伽 등으로도 쓴다. 인도의 賤民을 가리키는 matanga의 음역으로, 여기에서는 마등가의 여인을 뜻한다. 석가모니의 제자 아난이 마등가 여인의 유혹에 빠져 파계할 뻔했다.

11) 무지기는 淮水의 水神이다. 제9척 참고. 무지기가 장승을 귀산에서 붙잡았다는 고사도 마등가나 귀자모가 불승과 여래를 유혹한 것과 비슷한 내용일 것이다. 소설 『서유기』에 나오는 小張太子의 원형이다.

12) 행자가 스스로를 낮추는 말이다.

(여왕이 노래한다)

여왕 【요幺】

제자들은 이리저리 말리는데,
사부 홀로 황망해 하는구나.
나의 여병女兵들은 원숭이가 통솔할 필요 없고,
여왕이 어찌 돼지를 재상으로 삼으리요?
지금 여낭女娘들이 모두 당 삼장을 좋아하지.
그대는 믿지 말라, 수행에 빠져,
금세 뒤에 내세가 있으리라는 것을.
나는 그저 장강長江의 뒷 물결이 앞 물결을 밀어내게 하리라.[13)]

(여왕이 당승을 끌고 간다)

여왕 이곳 정전正殿은 이야기를 나누기 좋은 곳이 아니니 우리 둘이서 후전後殿으로 갑시다.

당승 손오공아, 나를 구해다오.

(퇴장한다)

손행자 내 코가 석 자라네.

(여자들이 손오공, 저팔계, 사화상을 붙잡아 넘어뜨려 희롱하면서 우스개 연기를 한다)
(퇴장한다)
(여왕이 당승을 끌고 등장하여 말한다)

---

13) 여왕을 필두로 하여 여인국의 모든 이들이 당승을 소유하게 하겠다는 뜻이다.

여왕　당승, 나와 당신이 부부가 되면 당신은 오늘 국왕이 되는 것이니, 어떻겠소?

당승　선재로다! 저는 불경을 가지러 가야 합니다.

(우스개 연기를 한다)(여왕이 노래한다)

여왕　【육요서六幺序】

금실 두른 휘장에 향기가 짙고,
상아 장식한 침상에 빛이 찬란하니,
우리 둘이 처음으로 옥을 희롱하고 향을 훔치려 하네.[14)]
듣자니 천지의 음양에는,
절로 강상綱常이 있어서,
인륜의 위아래에는,
고아나 과부가 있어서는 안 된다고 했네.
나는 여기 음만 있고 양은 없는 곳에서 자랐거늘,
그대는 무슨 죄로 훌륭한 아낙을 가까이하지 않는가?
부도浮屠[15)]가 삼강三綱을 모두 잃었구나.

당승　불교는 이미 일가一家를 이루었습니다.

여왕　그대의 그 부처가 어쨌다는 것인가!

공부자孔夫子의 문장이 세상을 꿰뚫고,
천하에 전해져 드날리고 있거늘.

---

14) 정을 통하려고 함을 말한다. 옥을 희롱하는 것은 남자가 여자에게 구애하는 것을 뜻하고, 향을 훔치는 것은 여자가 남자에게 구애하는 것을 말한다. 晉나라 賈充의 딸 賈午는 아버지의 향을 훔쳐내어 韓壽에게 주고서 서로 정을 통했다고 전한다.
15) 보통 부처, 탑 등을 가리키지만 여기에서는 불교를 뜻한다.

당승　공부자가 있다는 것을 어찌 아십니까?

여왕　선대 국왕이 사신을 보내 조대고의 오경삼사五經三史[16]를 전수 받아 인륜의 전례前例들을 모두 알고 있다.

【요幺】

그대는 비록 당왕을 받들지만,
글은 읽지 않았구나.
순舜이 아황娥皇을 아내로 맞을 때,
부모에게 알리지 않아서,
후세에 따졌으니,
맹자가 자세히 논했다네.[17]
그의 부모는 훌륭하지 못하였고,
형제는 화목하지 못하여,
인륜의 기강을 무너뜨렸으니,
이 때문에 홀로 주관하여 나아갔다네.
그대는 세속의 사내들에 비할 바가 아니거늘,
이유도 없이 독수공방하는구나.
나를 따르지 않고 하늘로 날아간다면,
화살로 쏘아 떨어뜨려서라도 짝을 맺게 하겠다.

그대가 만약에 따르지 않는다면 냉방에 가두어버릴 것이니,

백발이 삼천 길이 되도록 애꿎게 괴로워질 것이다.

---

16) 五經은 『易』, 『書』, 『詩』, 『禮』, 『春秋』를 가리키고, 三史는 세 종류의 역사책을 가리키는데 『史記』와 『漢書』를 기본으로 하고 기록에 따라 『東觀漢記』, 『後漢書』, 『戰國策』 중 하나가 포함된다.

17) 순의 계모가 순을 좋아하지 않아 여러 차례 해치려고 했으므로 순이 아내를 맞을 때 알리지 않았다. 『孟子』 「萬章上」에 나온다.

하룻밤 은애恩愛를 이룬다면,
백 년 동안 명성을 남기는 것보다도 나으리라.

(여왕이 당승을 붙잡아 넘어뜨린다)

당승 누가 빈승을 구해주시오!

(위태존천이 등장하여 말한다)

위태 나는 위태존천이다. 관음의 법지를 받들어 당승을 구하러 가는 길이라네. 이런 못된 자 같으니라고, 어찌하여 감히 우리 스님의 법체法體를 훼손하는가?

여왕 너는 누군데 불쑥 침소에 들어오느냐?

【금잔아金盞兒】
황금 갑옷을 걸친 모습이 당당하고,
칠보 방망이를 든 기세가 드높구나.
남교藍橋를 잠기게 하고 현묘祆廟를 불태운 못돼먹은 신장神將인가?[18)]
당승보다도 생김새가 더욱 비범하구나.

18) 춘추전국 시대 노나라의 尾生이라는 사람이 한 여자와 다리 밑에서 만나기로 약속하고 기다리는데, 큰비가 내려 물이 불어도 떠나지 않고 다리 기둥을 안고 익사했다고 한다. 『莊子』「盜跖」 등에 나온다. 藍橋는 陝西 藍田縣의 藍溪에 있는 다리로, 당나라 때 裴航이 선녀 運英을 만난 곳이라고 한다. 두 이야기가 결합되어 元 李直夫의 雜劇 「尾生期女渰藍橋」(失傳)에서 홍수가 藍橋를 잠기게 하여 남녀가 만나지 못했다는 이야기가 만들어졌다. 또 蜀나라의 공주를 짝사랑한 유모의 아들이 拜火敎의 예배당인 祆廟에서 공주와 만나기로 했지만 뜻을 이루지 못하자 그 울화가 불로 변해 祆廟를 불태웠다고 한다. 『法苑珠林』「奸僞」 등에 나온다. 두 이야기는 모두 남녀의 만남을 이루지 못한 것을 말한다.

위태 나는 서른 살이나 먹었지만 완전한 동자의 몸이로다. 하지만 지금은 특별히 호법을 위해 왔도다.

여왕 또다시 유하혜柳下惠며 안숙자顏叔子가 나타났구나.[19]

그 촌스러운 유 도령을 뭐하러 부르고,
그 멍청한 안 서방을 뭐하러 부르겠는가?
너는 삼십 년 동안이나 촌스럽게 보냈고,
저 사람은 이십 년을 헛되이 보냈는데.[20]

위태 스님을 놓아주지 않으면 이 칠보 방망이로 너를 쳐서 곤죽으로 만들어버리겠다.

(여왕이 당승을 놓아준다)

여왕 【미尾】
내가 그를 탈 없이 보호할 인연이 없었는지,
화촉 밝힌 신방에서 소란이 일어났네.
무얼 걱정하랴, 깊은 마당의 어둑한 가을밤 긴 곳에서,
말끔한 신랑과 헤어졌지만.
한탄하네, 위랑이,
주도면밀하지 못함을.
내가 뜻밖에도 소주자사蘇州刺史의 애를 태웠구나.[21]

19) 유하혜는 앞 참고. 안숙자는 춘추시대 노나라 사람으로, 폭풍우로 집이 무너진 이웃집 과부를 집안에 들이지 않았다고 한다. 『詩經』「小雅·巷伯」의 '毛傳'에 나온다.
20) 너는 위태존천, 저 사람은 당승을 각각 가리킨다.
21) 당나라 시인 劉禹錫이 蘇州刺史로 좌천된 뒤 司空 李紳의 연회에 초대되어 예쁜 기녀를 보고 「贈李司空妓」라는 시를 지었는데, 시의 마지막 두 구절은 "사공은 늘 보아와서 심드렁했지만, 나 소주자사는 애가 다 끊길 정도였다네.(司空見慣渾

그대는 이제 가라,

나는 여기에서 화당畵堂을 수습하고,
병사들을 매복시켜놓고,
돌아오면 붙잡고 나서 다시 얘기해볼 것이다.

(퇴장한다)

위태 옴,[22] 손행자는 어디에 있느냐?

(손행자가 등장하여 말한다)

손행자 옴, 부처님의 칙서로구나. 제신諸神들이 삼가 듣사옵니다.

(위태를 만난다)

당승 행자야, 빈승은 존신尊神의 보우가 아니었다면 법체를 망가뜨릴 뻔했다.

위태 행자는 사부를 잘 모시고 가거라.

손행자는 나의 당부를 들어라,
사부와 함께 속히 길을 떠나라.
꽃과 술을 보아도 범심을 품지 말고,
서천으로 불경을 가지러 가는 일을 그르치지 말라.

閑事, 斷盡蘇州刺史腸.)"이다. 여기에서 소주자사는 위태천존을 가리킨다.

22) 불교에서 의례나 수행 과정에서 염송하는 진언의 첫소리이다.

(퇴장한다)

당승　행자야, 우리는 신천神天의 커다란 보우를 받아서 이 난관을 벗어났다. 한 가지 묻겠으니, 내가 여왕에게 붙잡혔을 때 너희 셋은 어떻게 몸을 내뺐느냐?

손행자　사부님, 행자의 말씀을 들어보십시오. 소행이 한 아낙에게 붙들려 넘어지자 범심이 생겨났습니다. 그랬더니 머리에 쓴 금고아金箍兒가 조여들기 시작하더니 온몸의 뼈마디가 부서지는 듯하게 아파서 여러 가지 채소 이름이 튀어나와 버렸습니다.[23] 머리는 아파서 부추처럼 헝클어지고 낯빛은 여뀌 싹처럼 파래지고 땀방울은 간장에 빠진 가지만 하고 양물은 소금에 절여 물러터진 오이처럼 되어버렸습니다. 아낙은 제가 파 삶는 짓이나 하는 놈[24]처럼 생긴 것을 보고서는 간신히 참깨 볶는 짓을 참을 수 있었습니다.[25] 아낙이 저를 놓아주어 저는 화룡마의 등에 올라타서 곧장 흰 담장의 왼쪽으로 달려갔습니다. 제가 '기생초寄生草'라는 노래를 한 곡 부르겠습니다. 들어봐 주십시오.

【기생초寄生草】
저팔계는 씩씩거리며 숨을 내쉬고,
사화상은 조용조용하게 소리를 내었습니다.
위에 있는 이는 빨리빨리 앞으로 찌르고,
아래에 있는 이는 느릿느릿 허리 움직여 응했습니다.

23) 범심을 잊기 위해 佛家에서 권하는 채식의 재료인 채소 이름들이 저절로 말해졌다는 뜻이다.
24) 파를 삶는 일은 男色을 뜻하는 은어이다. 明 小說 『金瓶梅』 제57회에도 나온다.
25) 참깨 볶는 짓은 남녀의 정사를 뜻하는 은어이다.

저는 한참 동안 바라보면서,
그저 괴로워만 했는데,
저 둘이 서둘러 시커먼 물건을 화로에 집어넣으니,
저는 백마를 타고 쇠 등자를 구를 수밖에 없었습니다.

사부님, 사람이 튼튼하고 말이 배부를 때 얼른 가십시다!

제18척 길을 잃고 신선에게 묻다

(당승 일행이 등장하여 말한다)

당승　여인국을 떠난 뒤로 한 달 동안 지나왔는데, 앞으로 가면 어디가 나올지 모르겠다. 이곳 사람을 만나면 길을 물어보아야겠다. 멀리에서 어고漁鼓와 간자簡子 소리[1]가 들려오니 얼른 가서 그 사람에게 물어보자.

(퇴장한다)
(약초를 캐는 신선이 어고와 간자를 들고 등장하여 말한다)

신선　산이여, 산이 높고나,
물이여, 물이 깊구나.
산은 높아 세상에 우뚝 솟았고,
물은 깊어 고금에 흐르도다.
백 년 동안 오직 산과 물만이 있을 뿐,
영웅호걸은 어디에서 찾을까?
도라고 말할 수 있는 도를, 사람들아 함부로 말하지 말라,
이름할 수 있는 이름, 그 속뜻을 형언하기 어렵다네.[2]

---

1) 漁鼓와 簡子는 道士가 창할 때 쓰는 북과 북채이다.
2) 老子의 『道德經』 제1장 중의 "道可道, 非常道, 名可名, 非常名.(도라고 말할 수 있는 도는 영원한 도가 아니요, 이름을 말할 수 있는 이름은 영원한 이름이

만약 술과 여색, 물욕과 혈기를 멀리할 수 있다면,
그것이 바로 속세의 신선이로다. (노래한다)

【남려南呂·옥교지玉交枝】

술잔을 끝없이 탐하여,
날마다 유하流霞[3]를 넘치게 따르네.
양자운揚子雲은 미연에 막는다는 말을 조롱했고,[4]
치이鴟夷 술잔을 받쳐들고 채색 붓을 집어들었지.[5]
장계응張季鷹은 술을 좋아하여 호방한 흥취가 더했으니,
순채蒓菜국과 농어회를 생각한 것은 오직 포도주 때문이네.[6]
옥산玉山을 무너뜨린 그같은 흠결은,
주후周侯가 연회에서 눈물 적시게 한 것과는 다르다네.[7]

아니다.)"을 활용한 표현이다.

3) 본래는 신선들이 마시는 음료인데 뒤에 美酒를 뜻하는 말로 쓰였다.

4) 子雲은 한나라 문인 揚雄의 자이다. 그는 「酒箴」을 써서 술을 경계하고자 했으나 내용은 오히려 술을 칭송하고 있다. 양웅은 술을 절제하여 잘못된 행동을 미연에 막는다는 생각을 지지하지 않았다는 뜻이다.

5) 鴟夷는 술잔의 일종으로, 揚雄의 「酒箴」에도 나온다. 彩筆은 화려한 필치를 뜻한다. 南朝 때 사람 江淹이 젊었을 때 꿈에 채색 붓을 받은 뒤로 시문이 크게 발전했는데, 만년에 또 꿈속에서 郭璞이 채색 붓을 가져간 뒤로는 아름다운 글귀가 떠오르지 않았다고 한다. 따라서 이 구절은 술기운을 빌어 훌륭한 문장을 썼다는 뜻이 된다.

6) 季鷹은 晉나라 사람 張翰의 자이다. 그는 사람됨이 호방하고 술을 좋아했는데, 가을바람이 불자 고향의 순채국과 농어회가 생각나서 결국 벼슬을 버리고 귀향하여 은거했다고 한다. 南朝 宋 劉義慶의 『世說新語』「識鑑」 등에 나온다.

7) 옥산이 무너지는 것은 술에 취해 쓰러짐을 뜻한다. 南朝 宋 劉義慶의 『世說新語』「容止」에 嵇康이 술에 취해 쓰러질 때 옥산이 무너지는 것 같았다는 내용이 나온다. 또 晉나라 때 사람 周侯는 난리를 피해 남하한 사람들이 새로 지은 정자에 사람들이 모여 꽃구경하며 술을 마실 때 풍경은 다를 바 없지만 강산은 변했다고 탄식하자 사람들이 모두 눈물을 흘렸다고 한다. 『世說新語』「言語」에 나온다. 주후는 이름이 顗이다. 嵇康이 술에 취해 쓰러진 것과 周顗가 술을 마시되 나라 걱정한 것은 다르다는 뜻이다.

술지게미로 이름을 망친 갈선옹葛仙翁,[8]
누룩 때문에 뜻을 묻은 저 장효렴張孝廉.[9]
제멋대로 미친 듯이 정념을 펼치면,
누가 그를 말리겠는가?
영웅들이여, 마음껏 자랑하여라,
부귀한 자들이여, 마음껏 차지하거라.
이 황공黃公의 술도가 옆에 재앙이 있고,[10]
옥 항아리[11] 옆에 위험이 많다네.
술아,
사람들이 너 때문에 이름을 날리면 천하가 싫어한다네.

【요幺】
누구더러 마음에 두라고,
벌써 저리도 얼굴이 복숭아 살구처럼 발그레한가?
무산巫山과 낙포洛浦의 여인들 모두 예뻤지만 헛되나니,[12]
서시西施나 무염無鹽의 여인이나 다를 바 없다네.[13]
어디에 사덕四德을 겸비한 가인佳人이 있으랴,
용의 침 받아 이불 덮고 베개 베니 전쟁이 생겨났지.[14]
금수錦繡 같은 강산을 적에게 빼앗기고,

---

8) 葛仙翁은 晉나라 사람 葛洪의 종조부 葛玄이다. 제9척 참고. 葛洪이 지은 『抱朴子』 內篇 권8 '釋滯'에 따르면 葛仙翁은 술을 마시고 대취하면 더운 여름날에는 깊은 연못에 들어갔다가 하루도 더 지나서야 물 밖으로 나왔다고 한다.
9) 張孝廉은 위에 나온 張季鷹 즉 張翰이다.
10) 王戎이 黃公의 술도가를 지나다가 嵇康 등과 함께 술을 마시던 생각이 나서 슬픔에 잠겼다고 한다. 『晉書』「王戎列傳」에 나온다.
11) 술 항아리의 미칭이다.
12) 무산은 무산 신녀, 낙포는 낙수의 여신을 가리킨다.
13) 西施는 월나라의 미녀이고 無鹽은 제나라 無鹽의 추녀 鍾離春이다.
14) 용의 침으로 인해 태어난 褒姒 때문에 西周가 망했다고 하여, 용의 침은 여자가 재앙을 초래함 또는 나라의 재앙을 초래하는 여자를 뜻하는 말로 썼다.

일찍이 곱고 섬세한 여인을 사랑한 것을 후회했네.
난새 비녀를 부수어 버리고,
칠보 화장 갑을 멀리해도,
이 풍정風情을,
어찌 억지로 제멋대로 이야기할까?
눈으로는 누각에서 떨어진 사람을 보고도,
오히려 임춘각臨春閣을 차지했구나.15)
우습도다, 사내가 스스로 시작해놓고는,
고운 여인이 도검刀劍 숨기고 있다고 탄식하다니.
색아,
사람들이 너 때문에 이름을 날리면 천하가 싫어한다네.

【요么】
부유하고 호화로운 사람들은 오로지 아끼기만 하고,
사치스럽고 화려한 사람들은 거두어 모은 것일 뿐이라네.
왕융王戎과 곽황郭況은 싫증을 내지도 않고,
금구덩이를 끌어안고 상아 산가지를 손에 쥐었다네.16)
알겠네, 금을 나누어 가진 포숙鮑叔이 청렴하였으니,
구리 산을 독차지한 사람보다 훨씬 나았음을.17)

15) 누각에서 떨어진 사람은 晉나라 石崇의 애첩 綠珠를 말한다. 뒤에 孫秀의 핍박을 이기지 못해 누각에서 떨어져 자살했다. 『晉書』「石崇傳」에 나온다. 臨春閣은 南朝 陳 後主(陳叔寶)가 세운 세 누각 중 하나이다. 陳叔寶는 세 누각을 지어놓고 날마다 그곳에서 后妃들과 놀았다고 한다. 『陳書』「皇后傳」에 나온다.

16) 王戎은 晉나라 때 竹林七賢 중 한 사람이었는데 탐욕이 많고 인색하여 재물을 산가지로 세세하게 헤아렸다고 한다. 郭況은 後漢 때 사람으로 光武帝의 처남이었는데 집에 금을 쌓아둔 구덩이가 있을 정도로 부자였다고 한다.

17) 鮑叔은 춘추시대 齊나라 사람으로 管仲과 우애가 깊었는데 두 사람이 공동으로 장사를 했을 때 이익을 管仲이 더 많이 가져갔지만 鮑叔은 管仲의 집이 가난하니 당연한 것이라고 말했다고 한다. 『史記』「管晏列傳」에 나온다. 또 구리 산을 차지했다는 것은 漢 文帝가 鄧通에게 蜀郡 嚴道의 구리 산을 주어 동전을 주조할 수

진晉나라 화교和嶠는 칭찬도 비난도 많이 받았는데,
주방朱方에서 모여 살다가 섬멸당한 사람들과 똑같다네.[18]
상아를 가진 코끼리는 그것 때문에 죽음을 당하니,[19]
재물이 많은 사람은 겸손해야 한다네.
말(斗)에 구슬을 담아 헤아리고,
나무에 비단을 두르더니,
미녀 때문에 형벌을 받아 몸을 상하고,
검을 찾다가 죽임을 당했다네.[20]
저 만 관의 돈도 헛되었고,
결국 죽어서 도랑에 버려졌다네.
재물아,
사람들이 너 때문에 이름을 날리면 천하가 싫어한다네.

【요幺】
영웅의 기염은,

있게 해 주었다고 한 것을 가리킨다. 『史記』「佞倖列傳」에 나온다.

18) 和嶠는 晉나라 때 中書令까지 지낸 사람이다. 정치를 잘하여 백성들로부터 칭송을 받았으나 부자이면서도 인색하여 악명도 높았다. 『晉書』「和嶠列傳」에 나온다. 또 朱方은 춘추시대 吳나라의 지명으로, 제나라 대부 慶封이 吳나라로 도망하여 朱方에서 씨족을 모아 예전처럼 부유하게 살다가 楚나라 靈公의 침공 때 피살되었다고 한다. 『左傳』「昭公4年」에 나온다. 和嶠나 慶封 모두 재물을 아껴 평판이나 목숨을 잃은 사람이다.

19) 晉나라 대부 范宣子가 재물을 중시하여 제후들의 부담이 커지자 鄭나라 사람 子産이 코끼리가 상아 때문에 죽음을 당하게 되는 것은 상아가 귀하기 때문이라고 하면서 재물을 탐하면 재앙을 맞게 된다는 뜻의 편지를 보내어 范宣子를 깨닫게 했다고 한다. 『左傳』「襄公24年」에 나온다.

20) 晉나라의 부호 石崇은 집 앞의 大路 50리에 걸쳐 길 양쪽의 나무들에 값비싼 비단을 둘러치는 등의 사치를 부렸고, 자신의 애첩 녹주를 탐낸 조왕 司馬倫에게 애첩을 바치지 않아 결국 죽임을 당했다. 『晉書』 권33에 나온다. 석숭은 손님들을 초청하여 연회를 베풀었을 때 손님이 술을 사양하면 그를 시중든 하녀를 검을 찾아서 베어버렸는데, 이런 악행도 훗날 그가 살해당하게 된 이유 중 하나일 것이다.

비휴貔貅나 범과 같아 거두어들일 수 없다네.
이문夷門과 연시燕市의 사람들은 모두 본분을 넘었으니,[21]
근심도 헛되고 위엄도 헛되었네.
탄환을 뽑고 칼날을 갈고 자줏빛 수염을 휘날리며,[22]
웃고 이야기하다가 구덩이에 묻히는 신세가 되었다네.
일편단심을 다 바쳤으니,
보는 사람들이 피눈물을 적시게 했다네.
임금과 제후를 차갑게 쏘아보고,
병권을 굳게 지켰으니,
머리털이 관을 뚫고,
용맹이 더해지니,
박랑사博浪沙에서 철퇴를 던져 황제를 놀라게 하고,[23]
오강烏江에서 검을 들어 죽음에 이르렀다네.[24]
그대는 물거품과 그림자, 강과 산을 잊었지만,
상쟁相爭은 끝이 없구나.
혈기여,
사람들이 너 때문에 이름을 날리면 천하가 싫어한다네.

(당승이 일행을 이끌고 등장하여 말한다)

---

21) 夷門은 魏나라 隱士 侯嬴이 문지기를 지낸 開封城 북동쪽의 문이다. 侯嬴은 信陵君을 도와 모략을 펼쳐 秦의 공격으로 위기에 처한 趙나라를 구하는 데 일조했다. 또 燕市는 후에 秦始皇을 암살하려다 실패하고 죽음을 당한 荊軻가 高漸離와 술을 마신 곳이다. 이들 장소는 각각 후영과 형가를 비유한다.

22) 한나라 때 장안의 젊은이들이 청부를 받고 관리들을 살해하여 대신 원수를 갚아주었는데, 붉은 탄환을 뽑으면 무관을 죽이고 검은 탄환을 뽑으면 문관을 죽였다고 한다. 이로부터 탄환을 뽑는다는 말은 협객이 사람을 죽여 남의 원수를 갚아준다는 말로 쓰였다. 『漢書』「酷吏傳」에 나온다.

23) 博浪沙는 지금의 河南省 陽武縣에 있는 땅 이름으로, 張良이 力士를 시켜 진시황을 저격한 곳이다.

24) 烏江은 項羽가 패전하여 자결한 곳이다.

당승 깊은 산 넓은 들판에 이르렀는데 어디인지 모르겠구나. 저 멀리 숲속에 약초 캐는 신선이 계시니 길을 물어보자.

손행자 앞에서 약초 캐는 신선님, 길을 좀 물읍시다.

(신선이 노래한다)

신선 **【취향춘醉鄉春】**

어고 두드리니 목청 높여 노래하는 흥이 더하고,
영지버섯 따니 즐거움이 끝이 없구나.
큰소리로 외치고 소리높여 부르면서,
앞을 가리고 뒤를 숨기네.
멀리 헤아리고,
가까이 살펴보며,
삼가고 검소하며 예를 다하고 겸손하지만,
나를 세상 피한 도잠陶潛[25]이라고 생각하지는 말게나.

당승 저는 대당의 삼장국사입니다. 서천으로 불경을 가지러 가던 중인데 이곳을 지나다가 길을 잃어서 여쭙고자 합니다.

신선 당신은 보통 사람이 아니로군. 어느 누가 이곳까지 올 수 있겠는가?

【쌍조雙調·소장군小將軍】

여인국을 지날 때 아주 험난했으리니,
나쁜 위엄이 한없이 많았으리라.
만약 서천의 산꼭대기에 가고자 한다면,[26]

---

25) 晉나라 때의 저명한 시인으로, 淵明이라는 字로 유명하다. 벼슬을 버리고 은거하며 「歸去來辭」, 「桃花源記」 등을 지었다.

26) 산꼭대기는 천축의 靈鷲山을 말한다.

가는 길 내내 고생만 많고,
즐거움은 없으리라.

당승 길을 가르쳐 주십시오.

신선 여기에서 5백 리가 안 되는 곳에 산이 하나 있는데 이름은 화염산이라고 하오. 산 동쪽에 한 여자가 있는데 이름은 철선공주鐵扇公主라고 하지. 그가 사는 산은 철차봉鐵鎈峰이라고 하고. 그는 쇠 부채를 가지고 있는데 무게는 천여 근이지. 부채 살이 스물네 개 있는데 한 해의 스물네 절기에 해당하지. 이 부채를 한 번 부치면 바람이 일어나고 두 번 부치면 비가 내리고 세 번 부치면 불이 꺼져 지나갈 수 있다네.

【청강인淸江引】
화염산은 정말이지 형세가 험하다네.

손행자 내가 오줌을 한방 갈겨서 그 여자를 익사시켜 버리지 뭐.

당승 행자는 쓸데없는 소리를 하지 말아라.

(신선이 노래한다)

신선 너 같은 허풍쟁이는 어림도 없을 것이고,
오로지 쇠 부채 바람만 통할 것이라네.
옛말에 물과 불은 무정하다고 했으니,
취모검吹毛劍도 소용이 없다네.[27)]

27) 취모검은 칼날 위에 터럭을 놓고 불면 끊어진다는 예리한 칼이다.

손행자 내가 그 여자한테서 부채를 빌리면 되지. 빌려주면 좋고 안 빌려 준다면 살려두지 않겠다.

신선 그의 법보法寶를 너 같은 놈의 힘으로 어떻게 얻겠느냐?

그는 너를 마치 낙엽처럼 휘익 하고 허공에 날려버릴 것이라네.

비록 길은 험난하지만 좋은 경치는 끝이 없을 것이네.

【벽옥소碧玉霄】

폭포가 한기寒氣를 뿜고,
계곡에서 물이 발(簾)처럼 떨어지며,
나무들은 산꼭대기를 둘러 솟아있고,
원숭이 울고 범이 으르렁댄다네.
법력에 의지하면 갈 수 있지만,
신통력이 없다면 억지로 가지 말게.
산의 모습을 바라보면,
벽옥처럼 티끌 하나 없지만,
고생을 싫다 마시고,
자비의 마음을 크게 펼치시게.

스님은 얼른 가시오.

【수미隨尾】

옥 채찍으로 금 다래를 쳐서 재촉하는데,[28]
화염산은 지극히 험하다네.
얼른 법력을 구해 서천에 당도할지니,

---

28) 다래는 말 안장 아래에 진흙이 튀는 것을 막아주는 가죽이다.

망가진 몸을 산에 묻지는 마시게나.

(퇴장한다)

당승 화염산에 당도했구나. 이제 어떻게 지나가야 하나? 행자야, 어찌면 좋겠느냐?

손행자 사부님, 산 이쪽에 인가가 있으니 그곳에서 우선 쉬십시오. 제자가 바로 철차봉으로 가서 철선공주를 찾아 부채를 빌려와서 사부님이 지나가시게 하겠습니다.

당승 얼른 다녀오너라. 걱정하게 하지 말고.

(퇴장한다)

손행자 철차봉에 왔다. 사람들이 철선공주 얘기를 많이 하던데, 남편이 있을까 없을까? 얼굴은 반반하려나? 우선 산신 토지에게 물어보아야겠다. 옴! 산신이나 토지는 어디에 있느냐?

(산신이 등장하여 말한다)

산신 소성은 이곳의 산신입니다. '옴'은 법계法界의 칙언敕言이니 만신이 모두 듣습니다. 어떤 존신께서 불렀는지 모르겠지만 소성이 뵈러 나왔습니다. 존신께 머리를 조아립니다.

손행자 나는 대당 삼장국사의 제자인 통천대성 손행자 님이시다. 하나 묻겠는데 철선공주는 어디에 사는가?

산신 정첨봉正尖峰 아래 삽니다.

손행자 그에게 남편이 있는가 없는가?

산신 없습니다.

손행자 그가 나를 남편을 맞으려고 하겠는가?

산신 그럴 것입니다.

손행자 그걸 어떻게 금방 아는가?

산신 인물이 좋건 나쁘건 모두 합격입니다.

손행자 내가 그에게 부채를 빌리러 가려고 한다.

산신 소성이 감히 말씀드리지 못하겠지만,
행자께서는 잘 생각하십시오.
그가 부채를 한 번 부친다면,
원숭이 따위는 날려버릴 것입니다.

(퇴장한다)

손행자 내가 아녀자에게 진다는 말을 못 믿겠다. 그가 사는 동굴 앞으로
가보아야겠다.

(퇴장한다)

제19척 철선공주가 사나운 위세를 드러내다

(철선공주가 등장하여 말한다)

공주 첩신妾身은 철선공주입니다. 풍부風部 아래의 조사祖師로 풍신風神들은 모두 내가 관장하지요. 술에 취해 왕모와 싸운 일로 천궁을 뒤엎어버리고 나와서 이곳 철차산에 있는데 정말이지 신이 나는구나. (노래한다)

【정궁正宮·단정호端正好】

나는 손궁巽宮 안에 살면서,
이궁離宮을 지나간다네.[1]
나는 모래 자갈을 흘려보내 사바세계를 흔든다네.
천장지구의 세월 동안 그 누가 나를 죽일 수 있었던가?
세계를 모두 꿰뚫어 보고 있으니.

【곤수구滾繡毬】

맹파孟婆[2]를 내가 가르쳤으니,
풍신風神은 내 수행의 결과라네.

1) 巽宮은 八卦의 巽卦에 해당하고 바람을 주관한다. 離宮은 八卦의 離卦에 해당하고 불을 주관한다.
2) 전설 속 風神의 이름이다.

나와 여산노모驪山老母는 자매 사이인데,
나는 바람에 밝고 그는 불에 밝다네.
각목교角木蛟와 정목안井木犴이 작은아버지 큰아버지이고,
두목해斗木獬와 규목랑奎木狼이 삼촌과 고모라네.
그날 반도蟠桃 잔치에 이 재난이 벌어졌으니,
서왕모가 자기는 금金이라서 바람 불어대는 나무를 이겨 짓밟아버릴 수 있다고 말했지.[3]
그날 술자리에서 지기知己를 만나니 천 잔도 적었고,
말은 통하지 않아 한 마디도 많았으니,
죽어도 어찌할 수 있었으랴?

이곳 철차봉은 경치가 정말 좋구나!

【당수재倘秀才】
밝은 달이 성긴 숲의 꽃과 열매를 비추고,
차가운 이슬이 빈 산의 벽려薜荔, 여라女蘿에 떨어지네.[4]
사방으로 푸른 산이 빈틈없이 둘러쌌는데,
솔가지 끝에서는 학 울음소리 들리고,
동굴 입구에서는 원숭이 지나가는 모습이 보이니,
속세와 멀리 떨어져 있다네.

나의 이 부채는 무게가 천여 근이고 위에는 부채 살이 스물 네 개 있어서 스물 네 절기 때마다 쓰지. 이와 같은 병기는 삼계三界의 성현들도 알지 못하는 것이니, 남쪽 화염산만 해도 이 부채가 없다면 사람들이 지나갈 수 없다네. 정말 좋은 부채라네.

---

3) 五行에서 金은 木을 이긴다. 金은 서왕모, 木은 철선공주를 가리킨다.
4) 벽려와 여라는 나무나 벽을 타고 오르는 야생 식물이다.

【곤수구滾繡毬】

이 부채는 육정신六丁神[5]이 정교하게 주조하고,
오도신五道神[6]이 세밀하게 갈아 만들어서,
염부閻浮[7]에는 둘도 없는 것이고,
저울에 올리면 천 근이 넘는다네.
스물 네 절기의 바람을 관장하니,
여든 한 개 동굴의 불을 끌 수 있다네.
화염산의 신령이 나를 보면 담이 오그라들 것이니,
나를 화나게 하면 곧바로 싸움이 일어나지.
나는 부채를 부쳐서 지옥문 앞의 나무를 쓰러뜨리고,
은하수의 물결을 말아 올리니,
나는 제일가는 요마라네.

(손행자가 등장하여 외친다)(동굴 안에서 소귀小鬼가 나온다)

손행자 소귀야, 너의 공주에게 알려라. 대당 삼장국사의 마합라摩合羅[8] 제자 손오공이 뵙고자 한다고. 법보를 빌려 화염산을 지나가고자 한다.

(소귀가 보고한다)

공주 알고 있다. 이 원숭이는 통천대성 손행자이지. 들어오라고 해라.

---

5) 도교에서 天帝가 부리는 陽神 즉 火神의 이름이다.

6) 五道將軍이라고도 한다. 東嶽에 속하는 신으로, 사람의 생사를 관장한다고 한다.

7) 閻浮提, 南贍部洲라고도 한다. 범어 Jambudvipa의 음역어로, 불교에서 四洲 중의 하나로 인간이 사는 세상을 가리킨다.

8) 범어 mahākala의 음역어로, 본래는 大黑天이라고 번역된 불교의 호법신을 뜻했고, 뒤에는 진흙이나 나무, 밀랍 등으로 만든 인형 모양의 장난감을 뜻하기도 했다. 여기에서는 손오공이 당승을 호위하며 인형처럼 총애받는다는 뜻으로 쓰이고 있다.

(손행자가 들어가 공주를 만나서 속이면서 말한다)

손행자 제자는 얕지 않고 낭자는 깊지 않으니, 나와 당신이 각기 한 가지 물건을 꺼내어 합쳐서 한 쌍의 요괴를 만듭시다. 소행이 법보를 빌려 화염산을 지나가고자 이렇게 찾아왔습니다.

공주 이 원숭이가 무례하구나. 빌려주지 않을 것이다.

【도도령叨叨令】
나는 사람을 죽일 마음은 무척 크고,
사람을 구하고자 하는 뜻은 적다네.

손행자 사부님이 화염산을 지나가지 못하여 이렇게 부탁하러 왔소이다.

(공주가 노래한다)

공주 너는 말하는구나, 화염산을 사부가 지나가기 어려운 것이,
이 철차봉의 마녀가 화를 일으킬 수 있기 때문이라고.
괜히 트집잡지 말아라,
괜히 트집잡지 말아라,
너의 그 대머리 해골은 칼을 피하지 못할 것이로다.

손행자 이 산적 년이 무례하기도 하구나! 나는 자운라동의 주인 통천대성이시다. 나는 노자의 금단을 훔쳐다가 구리 힘줄에 쇠 뼈, 불눈에 금 눈동자, 놋쇠 똥구멍에 주석 두른 양물을 단련해 냈다. 내가 칼에 양물이 잘릴까 걱정할까?

공주 이 원숭이 놈이 무례하기도 하구나. 네놈이 아무리 해도 나는 신경도 안 쓴다.

【백학자白鶴子】

너는 화과산이 고향이라고 말하는데,
철차봉은 나의 둥지로다.
그곳에서는 비할 데가 없겠지만,
이곳에 왔으니 엎드려서 두려워해야 할 것이다.

손행자 형편없는 여편네 같으니라고. 내가 너를 붙잡으면 때리지도 않고 욕하지도 않겠다. 어떻게 할 것인지 알아맞혀 보거라.

(공주가 노래한다)

공주 【중려中呂 · 쾌활삼快活三】

나의 이 불같은 분노를 어찌 거두랴?
털복숭이 놈이 어찌 감히 장황하게 떠벌이는가?
구리 힘줄과 쇠 뼈를 벌렸다 닫았다 뽐내봤자,
이 부채로 너를 삼천 번 뒤집혀 굴러가게 할 것이다.

(손행자가 나와서 말한다)

손행자 이 여편네야, 나와라, 나와. 내가 너와 승부를 겨뤄보겠다.

(공주가 노래한다)

공주 【포로아鮑老兒】

저놈이 고함을 치며 나를 위협하지만,
내 어찌 버들 같은 허리가 흔들리겠는가.
무예와 위세를 더욱 드러내지만,
내 어찌 복사꽃 같은 얼굴이 바람에 상하겠는가.
활을 당기고 쇠뇌를 당기고,
창을 집고 봉을 돌리고,
북을 치고 징을 두드려라.

귀병鬼兵들은 어디에 있느냐?

(졸자卒子들이 늘어선다)

공주 병기를 가져와라.

【고포로古鮑老】

손에 태아太阿 검을 드니,
푸른 빛이 마치 석 자 높이 파도 같다네.
비췻빛 눈썹을 찌푸리니,
사나운 노기怒氣가 마치 천 길 높이 불길과도 같다네.
미친 듯이 깃발을 휘두르고,
전쟁의 북을 울리니,
요병妖兵들이 힘을 합치네.
너는 영단靈丹 몇 알을 먹었다지만,
어찌 나의 커다란 바람 소리를 버티겠느냐?
순식간에 네놈을 찾을 수조차 없게 만들어버리겠다.

(싸운다)(공주가 져서 도망가며 말한다)

공주 이 원숭이 놈의 신통력이 커서 내가 이기질 못하겠으니 법보를 가져와야겠다.

【도화道和】

이 부채는 자루가 길고 판이 넓고,
쇠를 엮어 만든 줄에는 금을 박아넣었고,
뼈를 갈아 넣은 자루는 얇게 뽑았네.
요기妖氣가 뒤덮이고 찬바람이 거세어지는데,
구름 끝 저 꼭대기에서 나를 바라보는구나.
철봉이 날아오니 몸을 빼내어 숨지만,

계도戒刀[9]를 휘두르니 어찌 목숨을 부지하리요?
나는 계도를 분지르고,
철봉을 부러뜨리니,
힘이 다하는구나.

【유청낭柳青娘】
그만두자,
지금까지 이런 요마는 알지 못했다,
너무도 가벼우니 이를 어찌하랴?
저놈은 신통력이 있어서 붙잡기 어려우니,
무예는 높고 이름은 드날리는구나.
영단을 훔쳤으니 노자가 어찌 저놈에 비하랴?
반도를 훔쳤으니 옥황도 어찌하기 어렵다네.
저놈은 천궁에 올라가 천신들을 꺾고,
하계에 내려가 재앙을 많이도 일으켰다네.
몸집이 큰가 하면,
순식간에 작아지고,
동쪽을 지나가는가 하고 보면,
순식간에 서쪽으로 날아가 떨어지네.
쇠 뼈 구리 힘줄 불 눈으로 마음대로 하게 두자,
병사들을 쓸 필요 없이,
바람 일으키는 부채를 부쳐서,
강 너머로 날려버려야겠다.

(부채를 부친다)(손행자가 재주를 넘으며 퇴장한다)

공주 원숭이 놈이 어디로 갔을까? 이 부채를 부치면,

9) 승려가 허리에 차고 다니는 작은 칼이다.

【미尾】

먼 언덕에 떨어지거나,
얕은 물에 떨어지거나,
오동잎 떨어지듯 한다네.
하늘이 목숨을 지켜준다 해도,
이번 생에는 분명히 풍마風魔에 당하리라.

(퇴장한다)

(손행자가 등장하여 말한다)

손행자 이 여편네의 부채를 한 방 먹었더니 허공으로 휘리릭 날려와 버렸네. 여러분은 이 손오공이 재주가 없다고 말하면서 네 구절을 지어서 나를 욕하지 마오.

여편네의 마법이 무척 높으니,
법보가 세상에 둘도 없는 것이라네.
내게 빌려주지 않겠다면 관두거라,
너는 덥고 나는 시원한 걸로 칠 테니.

어찌 포기할 수 있겠는가, 관음불께 찾아가면 무슨 방법이 생기겠지.

(퇴장한다)

제20척 물의 신령들이 불을 끄다

(관음이 등장하여 말한다)

관음 노승은 관세음입니다. 당승이 화염산을 지나가지 못하여 손오공이 나를 찾아왔는데, 나는 뇌공雷公, 전모電母, 풍백風伯, 우사雨師와 기수표箕水豹, 벽수유壁水㺄, 삼수원參水猿 등의 수부水部 신령들을 보낼 것이라오. 물은 불을 끌 수 있으니, 이 화산의 해를 없애 후세 사람들이 고생하지 않게 해주리라. 나의 법지를 전해라. 신장들은 손오공을 따라가서 당승이 산을 지나가게 도와라. 풍백, 우사, 전공, 뇌모는 즉시 중계中界[1]로 내려가라. 나는 당승이 화염에 불타지 않고 칼이 모조리 부러지게 하리라.[2]
(퇴장한다)

(전모가 풍백, 우사, 뇌공을 이끌고 등장한다)

풍백 자갈 굴리고 모래 날리니 해와 달이 빛을 잃네.

뇌공 늘 도끼 지니고 있는 거령신巨靈神이라네.

---

1) 인간 세상이다. 仙境을 上界, 인간 세상을 中界, 地獄을 下界라고 부르기도 한다.
2) 『法華經』「普門品」에 "관세음보살의 이름을 염송하면 칼이 조각조각 부서지느니라."라는 구절이 있다.

우사 은병銀瓶으로 천하天河의 물을 다 쏟는다네.

전모 때마다 황금 뱀 들어 올려 불 바퀴를 보낸다네.

풍백 나는 대대로 동남쪽을 지켜온 손이巽二[3]의 신 기수표 비렴대장군飛廉大將軍이라네.

뇌공 나는 태을진인太乙眞人 아래의 사선화반謝仙火伴 벽력장군霹靂將軍 오뢰사자五雷使者라네.

우사 나는 필성병예畢星屛翳의 신 현명선생玄冥先生 적송자赤松子라네.

전모 나는 남방의 이화離火의 신 편책뇌거사자鞭策雷車使者 열결선고列缺仙姑라네. 오늘 서천의 비로가 존자가 오인도五印度로 가서 대장금경을 가져오고자 하는데 화염산의 요마가 길을 막고 있다네. 우리 네 명이 관음의 법지를 받들어 그를 호지護持하러 가야 하네. (노래한다)

【황종黃鐘 · 취화음醉花陰】

폭우가 쏟아지고 번개가 가득하고,
우르릉 천둥소리가 수레 구르듯 나고,
구름이 가득하고 안개가 자욱하네.
천관天官, 지관地官, 수관水官이,
명을 내려 우리 당승을 돕게 하네.
험난한 길을 어찌 지나갈 수 있겠는가?

---

3) 巽二는 전설상의 바람신이다. 唐 牛僧孺의 『幽怪錄』「滕六降雪巽二起風」 등에 나온다.

화염산은 따스한 봄날과는 같기가 어려우니.

【희천앵喜遷鶯】

장작이나 짚으로 불 지피지 않아도 되니,
산봉우리가 온통 붉구나.
멀리 바라보니,
푸른 하늘이 절반으로 줄어드네.
이 산은 미옥美玉이 있어도 봉새 난새가 살기 어렵고,
무슨 도랑이나 시내도 없다네.
명전鳴箭 같은 소리를 내며 바람의 위력이 더해지고,
옥돌 같은 빗방울들이 세차게 쏟아지네.

【출대자出隊子】

천표天瓢[4]를 가져와서 들이부으니,
철철 물살이 가득 넘치네.
상원上元의 역驛에서 한밤에 불길이 넓게 퍼지고,
박망博望의 언덕에서 늦가을에 화염이 뻗어나가고,
적벽赤壁의 산에서 초겨울에 화력이 뒤덮었던 것을 다 이기겠네.[5]

【사문자四門子】

기수표는 얼룩무늬를 안개 속에 숨기고,

---

4) 天神이 비를 내릴 때 쓴다는 바가지이다.

5) 위의 세 구절은 차례대로 曹操가 魏王이 되자 耿紀와 韋晃 등 다섯 명이 조조를 제거하고자 上元(정월대보름)날 밤에 許昌에서 불을 놓아 起兵했으나 실패한 일, 博望 언덕에서 제갈량이 유비를 도와 火攻으로 夏侯惇을 죽이고 조조 군사를 물리친 일, 그리고 赤壁에서 吳와 蜀이 연합하여 화공으로 조조의 군사를 대파한 일을 말한다. 이와 같은 큰 불길도 물로 끌 수 있다는 뜻이다. 상원역은 당나라 말엽에 朱全忠이 李克用을 해치기 위해 불을 지른 장소로도 유명하다.

벽수유는 잔뜩 눈썹을 찌푸리고,
삼수원은 좌우로 오가면서 부르는 소리를 듣네.
물살이 흘러넘치니,
높고 낮은 산들은 언덕을 분간할 수 없고,
멀리 뻗은 길 끝에는 숲이나 산도 보이지 않네.
수부水部가 거세어 화염이 사그라드니,
온 길이 평안하구나.
십만 리 길에서 고생을 겪었는데,
사부師父는 여러 가지로 힘을 써서,
풍찬노숙하며 서둘러 도망쳐 숨고,
부지런히 힘쓰며 다그침도 없이,
백만 가지로 열심히 애쓰며 달렸구나.

(당승이 등장하여 신령들을 만나 말한다)

당승 신령님, 고맙습니다. 제자를 재난에서 구해주셨습니다.

(전모가 노래한다)

전모 【채아령寨兒令】
사부는 지체하지 말고 말에 오르시오,
여러 신령들이 잘 호송하리다.
용마는 또 달려가고,
제자들은 기뻐하며,
앞길에는 더 이상 길을 막는 요괴가 없으리라.
하늘과 땅은,
불법佛法이 너그러움을 아시니,
너희를 함께 열반에 오르게 하리라.

【신장아神仗兒】

풍신왕風神王의 차가운 기운이 시리니,
우사와 뇌백이 기뻐하고,
전모가 위력을 보이니,
수신들이 바삐 오갔는데,
그 공로는 모두 똑같다네.
서천으로 가서 불경을 얻어,
다시 이곳에 올 때도 지켜주기는 어려우니,
천정天庭에 상소하여 다시 제불諸佛들을 불러,
다시는 불길이 일어나지 않게 해야겠네.

【미尾】

여기에서 서천까지는 절반도 안 남았으니,
열 달도 되지 않아 만나리라,
그곳은 영취靈鷲의 두 산의 경계라네.6)

정명

여인국에서 재난을 만나고,
약초 캐는 신선이 고난을 이야기하다.
손행자가 부채를 빌리고,
당승이 화염산을 지나다.

6) 靈鷲山은 불교의 성지로, 옛 王舍城의 동북쪽에 있다. 석가모니가 설법한 장소이다.

제6권

만 리의 향기로운 바람이 구천에서 내려오고,
선인仙人과 진인眞人들이 학을 타고 펄펄 날아가네.
정성을 다해 기원祇園의 땅에 당도하여,
황도皇圖*를 억만년 동안 영원히 지키리라.

* 제왕의 통치 판도 또는 제왕의 왕조를 가리킨다.

제21척 가난한 노파가 깨달음을 전하다

(당승 일행이 등장하여 말한다)

당승 홍해아를 벗어나고 화염산을 지나오면서 용천龍天 삼보三寶[1]께 많은 도움을 받았습니다. 오늘 중천축국中天竺國에 도착하니 모두 제불諸佛과 나한의 땅이로구나. 손오공아, 나는 용군, 사화상, 저팔계와 함께 천천히 갈 테니 너는 먼저 가서 묵을 곳을 찾아보아라. 밥을 먹고 나서 영취산에 가서 불세존佛世尊을 참배할 것인데, 너는 그 앞에서 쓸데없이 입을 놀리지 말거라. 이곳은 부처님 나라여서 참선수행하는 이들이 지극히 많으니 잘못을 범해서는 안 될 것이다. 살생은 쉽게 하지만 선기禪機는 형편없는 너와는 다르니까 말이다.

손행자 소행 알겠습니다. 제가 먼저 갈 테니 사부님은 천천히 오십시오.

(퇴장한다)

당승 손행자가 떠났으니 우리는 천천히 가자. 행자가 공양을 마련하

1) 龍天은 불법을 수호하는 여덟 신장으로, 天衆, 龍衆, 夜叉, 阿修羅, 迦樓羅, 乾闥婆, 緊那羅, 摩睺羅迦 등을 말한다. 八部衆이라고도 한다. 三寶는 불교에서는 佛, 法, 僧을 뜻하고, 불교를 가리키는 말로 쓰이기도 한다.

면 우리가 도착하여 공양을 하고 바로 절에 들어가자.

불토佛土에 오기 전에는 몸이 더러웠지만,
서천에 당도하니 뼈마저 가벼워지네.

(퇴장한다)
(가난한 노파가 등장하여 말한다)

노파 이 늙은이는 중인도 사람으로 호떡을 팔아 살아가고 있습니다. 불회佛會에 오는 사람들은 모두 이 늙은이를 만나지 않고서는 불국에 들어갈 수 없습니다. 어려서부터 마하가섭의 가르침을 직접 받았고, 진여정각眞如正覺의 성性을 전했으니, 삼독三毒을 삼정계三淨界로 바꾸고 육적六賊을 육신통六神通으로 바꾸고,[2] 번뇌를 보리심으로 바꾸고 무명無明을 대지大智로 바꿀 수 있습니다. 이는 외도外道는 따라올 수 없는 일입니다. (노래한다)

【선려仙呂 · 점강순點絳唇】
나는 세상 밖의 한가로운 몸이니,
내 마음으로,
심인心印[3]을 전하지.
불자佛子들과 이웃하고 있으니,
오가는 사람들이 모두 물으러 온다네.

2) 三毒은 貪, 瞋, 癡를 말하고, 三淨界는 欲界, 色界, 無色界에 각기 있는 少淨, 無量淨, 徧淨을 말한다. 六賊은 중생의 마음을 더럽히고 번뇌를 일으키는 色, 聲, 香, 味, 觸, 法을 말하고 六神通은 부처와 보살이 지닌 초인적인 능력인 神足通, 天眼通, 天耳通, 他心通, 宿命通, 漏盡通을 말한다.

3) 禪宗에서 문자 언어를 거치지 않고 心相으로 印證하여 깨닫는 것을 말한다. 心心相印이라고도 한다.

【혼강룡混江龍】

선법禪法의 요체 논하자면,
비단 치마에는 세상의 먼지가 묻지 않네.
계곡을 흐르는 봄날의 물을 마주하고,
반 무 넓이의 한가로운 구름 위에 누워있네.
괴벽한 성격이라 세상사에 참견하기 귀찮으니,
저자 거리의 사람들과 알고 지내는 일 드물다네.
뇌음사雷音寺[4]의 종경鍾磬 소리 들으며,
영취산 문 앞에 앉아있다네.
늘 묘법을 펼쳐,
깊이 선근善根을 심네.
글월 필요하지 않으니,
어찌 불경을 외리요.
삽시간에 견성見性하여,
곧장 아래로 이어간다네.
발꿈치로 사람 빠뜨리는 구덩이에서 뛰어나오고,
손끝으로 사람을 미혹시키는 진형陣形을 가리켜 깨뜨리지.
이 늙은이가 말이 많으니,
속인들이 화를 내겠구나.

【유호로油葫蘆】

비웃지 말게나, 이 늙은이는 평생 가난하여,
누더기를 입었지만,
옷 안에는 새 보주寶珠가 하나 있다네.[5]

4) 천축에 있다는 가상의 사찰이다. 소설 『서유기』에는 요괴의 소굴인 소뇌음사와 부처님이 계시는 영취산의 대뇌음사 두 곳이 나온다.

5) 석가모니의 제자 중에 寶珠比丘尼 또는 寶光比丘尼라는 사람이 있었다. 寶珠는 본래 舍衛國 長者의 딸로 머리에 寶珠가 붙어있어서 그것으로 이름을 삼았다고 한다. 보주를 얻으러 오는 사람이 있으면 바로 주었는데 주고 나면 바로 다시 생겨났다고 한다. 뒤에 출가하여 석가모니의 제자가 되었다. 여기에서는 노파가 사람들에

단정하여 손가락질할 만하지 않으니,
나약한 사람이 오히려 삼가고 조심할 수 있다네.

(손행자가 등장하여 말한다)

손행자 소행은 사부님의 법지를 받들어 먼저 달려왔습니다. 여기는 어디지?

(노파가 노래한다)

노파 말씨가 카랑카랑하고,
걸음이 빠른 이가 보이는구나.
철계고鐵戒箍 쓰고 검은 직철直裰 입고 앞으로 오는구나.

(손행자가 외친다)

손행자 할멈, 할멈!

(노파가 노래한다)

노파 노모를 끝없이 불러대는구나.

【천하락天下樂】
내가 무슨 부자라서 깊은 산에 살면서 먼 친척이 있으랴?

손행자 할멈, 길 가는 나그네올시다.

(노파가 노래한다)

게 心印을 전해준다는 의미를 담고 있다.

노모 너는 뭐 하는 사람이냐?

손행자 나는 당 삼장의 상족 제자요.

(노파가 노래한다)

노파 당승은 본래 성은 진씨陳氏라네.

손행자 나는 오랫동안 사부님을 모셨지만 사부님의 성은 몰랐는데, 당신은 십만 리 밖에서 어찌 알 수 있소?

(노파가 노래한다)

노파 나는 문을 나서지 않고도 천하의 일들을 안다네.
네가 비록 계율을 지키고,
네가 비록 고생을 겪었다고 해도,
『금강경』의 진수를 논하지는 못할 것이라네.

손행자 내가 『금강경』을 알지 못한다고 말하는 것인가? 나도 늘 사부님께서 읊으시는 소리를 들었다. "과거의 마음은 얻을 수 없고 미래의 마음을 얻을 수 없고 현재의 마음을 얻을 수 없다네." 어찌하여 내가 모르겠는가? 당신은 호떡 백 문文 어치를 팔아주오. 내가 점심點心을 하고 나서 천천히 당신에게 불경을 논해주겠네.

노파 이 원숭이 놈이 내 앞에서 쇠 같은 주둥이와 혓바닥을 놀려 농간을 부리는구나. 네가 점심을 해야겠다고 말하는데 과거의 마음에 점을 찍겠다는 것이냐, 아니면 현재의 마음이나 미래의 마음에 점을 찍겠다는 것이냐?

손행자 이 늙은이가 대단하구나.

노파 마음은 성性의 본체이고, 성은 마음의 쓰임이라. 있기도 하고 없기도 하겠으나 다만 움직이는지 아닌지만을 볼지라. 내가 묻는 말에 대답해 보거라. 너는 마음이 있느냐 없느냐?

손행자 나는 본래 마음이 있었지만 똥구멍이 넓어서 떨어져 나가버렸지.

노파 이 원숭이 놈이 제멋대로구나.

【나타령那吒令】

네가 마음이 있다고 해도,
방심放心할 수도 존심存心할 수도 없고,
네가 마음이 있다고 해도,
볼 수도 없고 들을 수도 없으며,
네가 마음이 있다고 해도,
인정할 수도 없고 따를 수도 할 수 없다.
과거도 모르는데,
미래를 어찌 계속 믿어 가겠느냐?
사부와 자세히 상의해 보거라.

손행자 나는 십만 리 길을 왔는데, 여기에 와서 노파에게 힐문을 받고 쓰러져 버리는구나.

(노파가 노래한다)

노파 【작답지鵲踏枝】

너는 바쁘게 홍진紅塵을 달려왔고,
나는 공문空門에서 청정하게 지냈다.

너는 마음이 흔들리고 정신이 피로하지만,
나는 겉이 올바르고 모습이 진실하지.
서쪽으로 십만 리 길을 온 뜻은 가상하나,

당승의 무슨 상족 제자라는 자가,

알고 보니 짐이나 들면서 고생하는 천존天尊[6]이로구나.

(손행자가 자리를 떠나며 말한다)

손행자 내가 어떻게 해도 이 노파를 당할 수가 없구나. 사부님을 모시고 와서 할멈과 한판 붙어보아야겠다.

(당승이 등장하여 말한다)

당승 선재, 선재로다! 마침내 중천축국 불지佛地에 도착했으니 나 현장은 죽어도 그만이다.

(손행자가 당승을 맞이하면서 말한다)

손행자 사부님, 이 제자가 노파에게 질문을 받고 이길 수가 없었습니다.

당승 무엇을 묻더냐?

손행자 제게 『금강경』을 묻길래, 제가 "나는 늘 사부님이 읊으시는 것을 들었소. 과거의 마음은 얻을 수 없고 미래의 마음도 얻을 수 없고 현재의 마음도 얻을 수 없다고 하셨소."라고 대답했습니다.

---

6) 여기에서는 행자를 풍자하는 호칭이다.

제가 다시 노파에게 점심을 팔라고 하니까 노파가 이렇게 말했습니다. "어느 마음에 점을 찍겠는가?" 저는 더는 말을 못 하고 쓰러져 버렸습니다.

당승 내가 쓸데없는 소리는 하지 말라고 했잖느냐. 서천에는 노파가 셋이 있는데 불법이 아주 높다. 이들이 전한 칠어七語[7]는 네가 대답할 수 있는 것이 아니니라. 내가 너와 함께 가서 노파를 만나보아야겠다.

(노파를 만난다)

노파 훌륭한 부처상이로다!

【취중천醉中天】

곧은 체격은 준수하고,
낭랑한 말씨는 뛰어나구나.
그는 본래 마하반야의 몸이었으니,
불경을 가지고 갈 본분이 있음을 알겠네.

사형께 묻노니 마음에 점을 찍을 수 있습니까?

당승 마음은 멈춰있는 곳이 없으니 어찌 점을 찍겠습니까?

노파 사람이 마음이 없으면 어찌 주재하리요? 마음은 곧 사람의 근본인 것을.

7) 七種語라고도 한다. 본래는 세존이 설법할 때 사용한 일곱 종류의 말씀으로, 因語, 果語, 因果語, 喻語, 不應說語, 世流布語, 如意語 등이다. 여기에서는 노파가 세존의 말씀을 전하는 것을 가리킨다.

당승 아직 얻지 못했을 때에는 다른 이에게 있고 나에게 있는 것이 아니요, 이미 얻고 난 뒤에는 나에게 있고 다른 이에게 있는 것이 아닙니다. 뗏목을 비유로 삼자면, 뗏목도 버려야 하는데 하물며 법이 아닌 것은 어떻겠습니까?

노파 맞는 말이로다.

당신이 만약 심인을 전할 수 있다면,
마음은 말할 것도 없고,
당신의 덧없는 몸도 먼지일 뿐이라네.

사부님, 먼 길을 내내 달려오셔야 했습니다.

당승 몸이 자재로워야 마음이 늘 있는 것입니다.

(노파가 노래한다)

노파 【금잔아金盞兒】

신을 신고 이끼 흔적을 밟아버리고,
석장을 날려서 구름 이는 곳에 떨어졌네.
우담바라 꽃이 옥가루처럼 어지러이 떨어지고,
가사와 석장이 찬연히 새롭네.
청허淸虛가 법성法性을 이루니,
해탈하여 범진凡塵을 벗어나네.
유나維那의 금쪽같은 씨앗이요,[8)]
부처님 자리 아래의 옥기린이로다.

---

8) 維那는 절에서 총무를 담당하는 승려를 말한다. 당승이 불교를 창성하게 할 사람이라고 칭송하는 말이다.

당승　선지식善知識[9]께 감히 여쭙사오니, 제불과 성현을 보신 적이 있습니까?

노파　보름마다 소참小參을 하고 달마다 대참大參을 하여 늘 설법을 듣습니다.

당승　문수사리文殊師利는 어떠합니까? 보현普賢은 어떠합니까?

(노파가 노래한다)

노파　【취중천醉中天】
문수는 지혜로워 시주들에게 베풀고,
보현은 법을 행하여 범인凡人들을 구제한다네.

당승　가섭과 아난은 어떠합니까?

(노파가 노래한다)

노파　가섭과 아난은 세존을 지키며,
불회佛會에서 높이 참론參論한다네.

당승　여기에서 뇌음사까지는 얼마나 됩니까?

(노파가 노래한다)

노파　들어보시오, 저 석경과 종소리가 멀리서 들려오니,
저 녹야원鹿野苑[10]과 뇌음사가 가까이 있다네.

---

9) 佛法을 닦도록 도와주는 좋은 벗이라는 뜻이다. 주로 高僧을 가리킨다.

당승 소승이 늘 듣기로 유마維摩는 병이 많았다고 하는데,[11] 부처님, 어찌하여 이 마음이 안정되지 않는 것인지요?

노파 사형은 모르는구려.

【금잔아金盞兒】

유마 방장方丈은 먼지에 물들지 않았고,
사자 자리에 몸을 둘 수 있다네.
병든 몸으로 온종일 근심한다네.

당승 그가 어찌 이와 같이 근심합니까?

노파 하나는 불법佛法을 근심하고 하나는 백성을 근심한다네.

손행자 나는 노자의 영단을 훔쳐 먹었으니 그를 고칠 수 있소.

노파 네가 어떻게 고친다는 말이냐?

그는 편작도 찾아가서는 안 되었을 것인데,
어찌 원숭이에게 물어보려고 하겠는가?
너는 눈에 보이게는 삼십 년 동안 고쳤다지만,

10) 불교 성지 바라나시(Varanasi)의 북쪽에 있는 유적지의 명칭으로, 범어로는 '사슴의 왕'을 뜻하는 사르나트(Sarnath)이다. 왕이 암사슴을 죽이려고 할 때 숫사슴이었던 보살이 자신을 희생하니 왕이 감동하여 숫사슴을 위한 정원을 만든 데에서 유래했다고 한다. 뒤에 석가모니가 깨달음을 얻고 나서 자신과 함께 고행한 다섯 수행자들에게 이곳에서 처음으로 설법하였다.

11) 유마는 維摩詰이라고도 한다. 불교 在家 信者로 淸淨을 실천하며 가난한 사람을 돕고 불량한 사람을 훈계하며 佛法을 선양한 富商이다. 그가 병이 들었을 때 그를 찾아온 문수보살과 대화를 주고받은 문답을 기록한 경전이 『維摩經』이다.

눈에 안 보이게 한 성의 사람들의 목숨을 빼앗았지.

사형, 공양을 마쳤으면 바로 갑시다. 오늘이 바로 소참일이니 제불과 대성중大聖衆을 만날 수 있을 것입니다.

【살미煞尾】

황금 탑은 푸른 구름에 닿고,
칠보의 전각에는 붉은 무리가 생겨나니,
모두가 황금의 기원祇園의 선근善根이라네.
여래의 불이문不二門[12]에 들어갈 수 있다면,
순식간에 정신이 바뀔 것이라네.
불경을 원하니,
패엽경貝葉經[13]을 새로 준비하여,
동토의 사람들의 미혹을 깨우쳐 만민을 제도하게 하리라.
손행자는 고생하며 곤경을 겪었고,
저팔계는 분주하게 도망다녔다네.
너희들이 기왕 불회에 왔으니,
너희들은 모두 인연이 있는 사람들이라네.

12) 사찰로 들어가는 세 문 중 본전에 이르는 마지막 문을 뜻한다. '不二'는 진리라는 뜻이다.

13) 인도에서는 貝多羅(pattra) 나무의 잎사귀에 불경을 적었다고 한다.

제22척 부처님을 참배하고 불경을 얻다

(영취산의 신이 등장하여 말한다)

산신 부처님이 법지를 내리셨습니다. 당승이 동쪽에서 왔으니 마후라摩睺羅, 긴마라緊魔羅, 가인伽人, 비인非人 등[1]으로 하여금 중축中竺 십 리 밖까지 가서 영접하게 하고 급고장자給孤長者[2]로 하여금 제천제군諸天帝君에게 인도하게 하여 금경金經을 얻어 동토로 돌아가게 하라고 하셨습니다.

(퇴장한다)

(급고장자가 등장하여 말한다)

장자 빈도貧道는 급고장자라고 하는데, 서천축국의 큰 부자입니다. 도량을 짓기 위해 기원을 보시했는데, 황금을 땅에 깐 뒤에 완성되었습니다. 오늘 당승이 중천축국에 이르렀다고 하는데, 부처님의 법지를 받들어 제천성현들께 인도하여 뵙게 하려고 가보려고 합니다. (노래한다)

1) 佛法을 수호하는 神將인 天龍八部 또는 八部神衆와 비슷하다. 다만 통상은 天, 龍, 夜叉, 乾達婆, 阿修羅, 迦樓羅, 緊那羅, 摩睺羅迦 등의 이름으로 표기된다.
2) 給孤獨長者 즉 須達多를 말한다. 그는 본래 부자였으나 석가모니에게 귀의하고 祇陀 태자의 숲을 사들여 석가모니의 설법 장소로 삼았다. 제5척 참고.

【상조商調 · 집현빈集賢賓】

천불天佛의 명을 받들어 막 기수원을 떠나는데,
금 항아리 안에서 침향沈香이 피어오르네.
옛날에는 황금을 버려 땅에 깔았고,
오늘은 흰 사슴을 거꾸로 타고서 하늘을 향하는구나.
비록 현세의 수양이기는 하나
숙세夙世의 좋은 인연이 필요한 것.
그가 불경을 가지러 십만 리 온 것만큼 멀지는 않지만,
오늘 제불의 보회寶會와 재연齋筵에 함께 간다네.
종소리 들으며 함께 강연을 듣고,
먼지떨이 휘두르며 함께 선을 담론하네.

(여러 사람들이 장자를 맞이하여 만난다)

【소요악逍遙樂】

제천과 만나니,
사자 자리와 난새 수레,
봉새 수레와 코끼리 수레가 있네.
금빛 찬란하고 오색 노을이 선연하고,
첨복薝蔔나무[3]의 그윽한 꽃이 앞에 가득 떨어지고,
당번幢幡 감싸며 운무가 이어져 있네.
꽃을 문 얼룩 사슴과,
나무 옆에 서 있는 검은 학과,
과실을 바치는 흰 원숭이가 있네.

【오동아梧桐兒】

석장은 금고리가 무겁고,
가사는 옥벽玉璧이 치우쳐 있고,

3) 목련과에 속하는 상록 활엽수로, 첨복은 범어 campaka의 음역이다.

두 귀는 어깨에 닿을 듯 하네.
불조佛祖가 계셔서 마음으로 인증印證하시니,[4]
여래 발 아래의 연꽃이 없을 따름이라네.
마음이 마치 철석처럼 굳세니,
산 멀고 길 먼 것을 전혀 피하지 않는다네.

저는 급고장자입니다. 세존의 법지를 받들어 당승을 맞이하고 인도하여 제불과 성현을 뵙고 일일이 참배하러 가려고 합니다.

당승 선재, 선재라!

동토에서 명성만 들었다가,
서방에서 비로소 뵈었습니다.
불자와 제천이,
정말이지 꿈에서 직접 뵌듯합니다.

먼저 어느 제불을 뵈러 가실 것인지요? 스님께서 알려주시면 다행이겠습니다.

(급고장자가 노래한다)

장자 【초호로醋葫蘆】
먼저 마후라 태자를 뵙고,
긴마라 제 성현과,
가인, 비인 등의 여러 신령들께,
찾아가서 예를 올릴 것입니다.

4) 心印을 풀이한 것이다. 心印은 禪宗에서 문자 언어를 거치지 않고 心相으로 印證하여 깨닫기를 바라는 일을 말한다.

비록 고생을 당하며 오셨지만,
오늘은 나쁜 인연이 좋은 인연으로 뒤집어질 것입니다.

【요幺】
가섭과 아난,
문수와 보현,
석천, 제석, 범왕천과,
모두 이 서축국에서 직접 만날 것입니다.
범인凡人이 어떻게 만날 수 있다는 말인가?
당신이 공업功業은 팔백八百을 이루고 수행은 삼천 가지를 채웠기 때문이라네.

당승 세존은 어디에 계십니까?

장자 부처님은 정해진 곳이 없고 생각에 따라 보입니다. 방장方丈에게 가시면 부처님께서 차를 내려주실 것입니다. 이 차만 마시면 반드시 정과正果를 이루게 됩니다.

【요幺】
부처님의 차를 마실 수 있다면,
조 노선趙老禪[5]을 참배하는 것보다 좋을 것입니다.
금 항아리에 좋은 술 일만 금 어치라고 생각하지 마소서,
저 세존께서 만나주시기만 하면,
당신을 즉시 돌려보내시리니,
묘법을 두세 번 말할 필요도 없을 것입니다.

5) 趙朗이라는 道教 神으로, 趙玄壇, 趙公明이라고도 한다. 秦나라 때 득도하여 正日玄壇元帥로 받들어졌고 전염병과 재액을 없애는 능력이 있다고 한다. 민간에서는 財神으로 받들기도 했다.

부처님이 오셨습니다.

【요幺】

황금의 몸은 한 길 여섯 척이요,
맑은 빛이 둥글게 일곱 척을 뻗쳐나가네.
짚신에 죽장 들고 각반을 차고,
소요하시니 일신이 자연을 얻으셨네.
얼른 여래를 참배하여,
앞으로 나아가 합장하고 공수拱手하소서.

(한산寒山과 습득拾得[6]이 출산出山하는 부처로 분하고 등장하여 말한다)

부처 현장아, 네가 왔느냐?

당승 부처님, 제자가 왔습니다.

부처 현장아, 너는 옛날 서천의 나한이었는데 지금은 동토의 국사가 되었구나. 마음이 굳고 뜻이 무겁고, 지극히 공변公遍되어 사사로움이 없고, 갈아도 얇아지지 않고 물들여도 검어지지 않는구나.[7] 오늘 돌아왔으니 만물은 때가 있느니라. 급고장자는 대권大權에게 데려가 만나서 경전 법보를 현장에게 주거라. 손오공, 저팔계, 사화상 세 제자는 사람이 아니어서 동토로 돌아갈 수 없으니 먼저 정과를 이루게 하라. 내 자리 아래의 제자 중에 성기成基, 혜광惠光, 은방恩昉, 경측敬測 네 명이 있는데, 이들 네

6) 寒山과 拾得은 모두 당나라 때 天台山 國淸寺에서 은거한 詩僧이다. 행적이 기이하고 詩語가 비범한 것으로 유명하며, 문수보살과 보현보살의 화신으로 여겨지기도 했다.

7) 마지막 두 구절은 『論語』 「陽貨」에 나오는 구절이다.

명이 너를 동토로 보내어 계단戒壇을 열고 묘법을 크게 일으킨 뒤에 서천으로 돌아와 정과를 이루게 하라. 급고장자야, 현장을 데리고 가거라. 경전 법보를 받아 얼른 떠나가게 하거라.

(퇴장한다)

장자　현장 당신과 함께 가겠습니다.

(퇴장한다)
(회래대권回來大權[8])이 등장하여 말한다)

대권　소성은 대권수리보살大權修利菩薩입니다. 부처님의 법지를 받들어 금강대장金剛大藏을 지키고 있습니다. 금빛이 찬란하여 늘 손바닥으로 그것을 보호하니 범인들은 나를 초제招提[9])라고 부릅니다. 오늘 불법을 동쪽으로 전하려고 비로가 존자를 진현장으로 탁화托化하여 동쪽에서 서쪽으로 불경을 얻으러 오게 하였는데, 곧 올 듯합니다.

(급고장자가 당승을 이끌고 등장한다)(대권을 만난다)
(급고장자가 노래한다)

장자　【요幺】
세존을 떠나,
대권을 뵙고,
경문經文 일장一藏을 지체없이 받으니,

8) 大權修利菩薩이라고도 한다. 가람을 수호하는 신이다. 제8척 참고.
9) 官府에서 賜額한 절을 말하고, 그곳의 승려를 가리키기도 한다.

멀고 먼 길을 타박하지 않네.
평생의 소원을 이루었으니,
얼른 불법을 중원으로 전하시게.

대권 제자들에게 불경 상자를 용마에 싣게 하라.

손행자 법지를 받들어 내가 전달하니, 저팔계와 사화상은 잘 받아라.
『금강경』, 『심경』, 『연화경』, 『능가경』, 『만두분탕경饅頭粉湯經』을.

(급고장자가 노래한다)

장자 【선려仙呂·후정화後庭花】
칠보七寶 연꽃에서 아름다운 향기가 피어오르고,
쌍봉雙鳳 가마를 채색 구름이 가리네.
가르쳐 밝히니 승려들은 불법을 알게 되고,
종파는 율종律宗과 선종禪宗으로 나뉜다네.
경건하고 또 경건하게,
속히 경권經卷을 운반하네.
나지막한 원숭이 울음소리가 고목 꼭대기 위에서 들려오고,
딸랑거리는 방울 소리가 오래된 전각 앞에 울려 퍼지네.
기쁘게도 스승과 제자들이 변화하니,
북적이며 신천神天들이 돌보고자 하시네.

【청가아靑哥兒】
기쁘게도 스승과 제자, 스승과 제자들이 강건하니,
대자비가 무량무변하심이고,
불법이 동쪽으로 전해지는 것이 절로 인연이 있음이라네.
오색의 구름이 감싸니,
십만여 말씀이라네.

백마가 직접 끌어,
수레에 싣고 동쪽으로 옮겨가리라.
밤낮없이 빠르게 운헌雲軒[10]을 끌고 가서,
당신 당나라 황제가 보게 하리라.

손오공, 저팔계, 사화상! 부처님께서 너희들을 이곳에서 정과를 이루게 하셨으니, 성기, 혜광, 은방, 경측 네 사람이 당승을 중국으로 보내어 장안에 이르러 가르침을 펼치게 하겠네.

【상조商調 · 낭래리살浪來里煞】
경문의 뜻을 잘 밝혀 드날리고,
불법을 전해 통하게 해야 하네.
네 천왕과 여덟 보살들이 두루 보살펴,
장안에 이르러 칠일 만에 공업功業이 달성되게 하리라.
하늘은 사람의 소원을 따르니,
어서 용화회龍華會[11]에 가서 한껏 참선하시게.

(퇴장한다)

대권 현장! 부처님이 법지를 내리셔서 경문이 이르는 곳마다 내가 가서 지키게 하셨으니, 귀로에 내가 당신을 보호하여 곧장 중원에 이르게 하리라. 경장經藏이 있는 절마다 소성이 있을 것이오.

경장마다 나 대권이 있으니,
경전을 지키고 불법을 수호하며 중원에 이르네.

10) 신선이 타고 다닌다는 전설상의 수레이다. 여기에서는 용마가 끄는 수레를 가리킨다.
11) 보통 음력 4월 초파일에 미륵보살을 공양하는 법회를 가리킨다. 여기에서는 법회의 뜻으로 쓰였다.

경장이 있는 곳에 내가 없을 수 없으니,
영원히 향연香煙을 받으며 만만년을 이어가리.

(퇴장한다)

사화상 이 제자는 사부님을 몇 년 동안 따라와서 오늘 정과를 이루게 되었네.

옥황 폐하께서 전신前身을 보내시니,
유사流沙에 귀양가서 사람들을 잡아먹었네.
오늘 동쪽에서 와서 묘법을 들으니,
물빛과 산색이 모두 새롭구나.

(퇴장한다)

손행자 이 제자의 수행도 이루어져 오늘 사부님을 하직하고 원적圓寂하네.

화과산에서 천만 년 살다가,
서천 오는 길에서 고생을 당했네.
오늘 평생의 일을 거두고,
용화회의 사람이 된다네.

(퇴장한다)

저팔계 이 제자도 사부님을 하직하고 하늘로 올라간다네.

저팔계는 어려서 결단하여,
오는 길 내내 사부님을 모셨다네.

원적할 때 머리를 자르고,
꼬리도 다섯 관貫을 팔겠네.

(퇴장한다)

당승 세 제자가 모두 원적했으니 빈승이 불을 넣어주어야겠습니다.

넷이 서쪽으로 왔다가 하나가 돌아가니,
셋은 시비를 해탈했다네.
노승 홀로 중원으로 갔다가,
얼른 돌아와 자미화紫薇花[12]를 따리라.

음! 손오공을 정말 아꼈으니 신통력이 대단했지. 동토에서 윤회를 벗어나고 서천 길에서 재주를 넘었지. 사화상은 모습이 있다가도 모습이 없었지. 목구멍에는 세 치 원양기元陽氣가, 가슴 속에는 한 점의 영광靈光이 있었지. 저팔계는 신통력이 커서 새로 나타난 재해를 물리쳤지.

성공이 있으면 실패가 있는 법이고,
음양이 갈라지면 재앙을 빨리 없앤다네.
마음이 있으면 나와 네가 편안할 수 없고,
마음이 없으면 모두가 자재自在를 얻는다네.

아!

시비의 마당에서 미혹에 빠질 뻔했다가,

12) 부처꽃과의 낙엽 소교목이다. 배롱나무라고도 한다.

인아人我의 연못 속에서 튀어나왔다네.[13]
기쁘게도 세 사람이 모두 정과를 얻었으니,
성기, 혜광, 은방, 경측을 따라 중원으로 가야겠네.

이곳에는 첨복나무 꽃이 무성하게 피었고, 중토의 솔가지는 이미 동쪽으로 향했으리라.

13) 시비의 마당과 인아의 연못은 모두 속세를 뜻한다.

제23척 동토 귀환을 전송하다

(성기成基가 등장하여 말한다)

성기 우리 네 사람이 부처님의 법지를 받들어 당승이 장안으로 돌아가도록 보내주려고 하여 가야 합니다.

(노래한다)

【월조越調·투암순鬪鵪鶉】
영취산에는 봄빛이 따스하고,
뇌음사에는 봄바람이 살랑 불어오네.
녹야원에는 버들가지가 푸르러졌고,
기수원에는 첨복나무 꽃이 막 피었다네.
백만의 신천神天들이 둘러싸고,
삼천의 귀왕鬼王들이 줄지어 서 있네.
채색 깃발을 내걸고,
수놓인 당번을 들었네.
백마는 불경을 지고 가고,
금사자는 향을 뿜어내네.

【자화서紫花序】
서천에서 여래께서 친히 전송하시니,
중국의 중이 떠나가고,

남해의 보살이 와서 이끌어 보내네.
한 번의 고생을 겪었지만,
백대에 방명芳名을 전할 수 있겠네.
생각해보니,
사람의 향기가 천 리에 퍼져나간다는 말을 믿겠네.
정말이지 존귀한 덕이 지극히 높아,
오늘 산문山門에서 전송하니,
손잡고 강 위의 다리에 오르는 것과 같다네.

【소도홍小桃紅】

비록 강 머리에서 정병淨甁을 기울이지 않았지만,
향 좋은 차를 받들어 드린다네.
내게 저 재관신宰官身과 바라문신婆羅門身과 소왕신小王身이 있으니,[1)]
비록 궁상宮商에 맞추지 않아도,
불악佛樂이 이토록 청량하구나.
제천들이 모인 곳에서 강연을 듣고,
당승 삼장을 전송하니,
당신은 오늘 이미 이름이 불장佛場에 뽑혀 들어갔다네.

스님은 눈을 감으세요.

【금초엽金蕉葉】

귓가에는 미풍이 조금 불어오고,
발아래에는 가벼운 구름이 점차 길어지네.
백마가 불경을 실으니 화광火光이 생겨나고,
푸른 하늘 밖에서 사람들이 태양을 맞이하네.

---

1) 재관신, 바라문신, 소왕신은 각각 관세음보살의 33現身 중의 하나이다.

당승 제가 올 때에는 손오공과 저팔계가 무척이나 신통하여 수많은 마장魔障들을 막았는데, 오늘 네 분 선지식께서 어떻게 저를 돌려보내시겠습니까?

성기 오는 길에 겪은 마장들은 모두 세존께서 만드신 것입니다. 스님의 마음이 굳세었던 까닭에 이곳에 이를 수 있었습니다만, 지금은 옛날과 비할 바가 아닙니다.

【조소령調笑令】

스님은 헛된 생각은 하지 마세요,
세존께서 일부러 마왕을 만드셔서 스님 마음을 굴복시키신 것입니다.
두자춘杜子春은 연단煉丹을 하다가 남을 속였으니,
마음이 정성되지 못해 수많은 일이 생긴 것입니다.
어린아이를 들어 바위에 내려치니,
그 금단金丹이 놀라 뚝딱 나비로 변해 날아간 것입니다.[2)]

【성약왕聖藥王】

말에 오르시니,
정신이 커져서,
마음속 법력이 높고도 강하구나.
저 먼 하늘 만 리나 된다고 해도,
지척처럼 진秦 땅에 당도하여,
바로 가향家鄕에 가시리라.

---

2) 杜子春은 北周 말, 隋나라 초엽 사람으로, 술과 유람으로 재산을 탕진하고 어떤 노인을 따라 華山에 올라가 도술을 연마했는데, 여자로 변해 盧珪라는 사람의 아내가 되어 아이까지 낳았으나 남편이 성을 내며 아이를 바위에 던져죽이자 얼떨결에 내지른 탄식소리 때문에 신선이 되지 못하고 떠나갔다고 한다. 『太平廣記』「杜子春」 등에 나온다.

【귀삼대鬼三台】

저 비장방費長房은,
법을 철저히 지켰는데,
용으로 변한 지팡이를 타고서,
매번 날아올랐습니다.[3]
어두컴컴했다가,
환하게 밝아졌다가,
뽕밭이 바다가 되고 바다가 뽕밭으로 변했습니다.
두려워하지 말고,
놀라지도 마십시오.

(부로父老들이 등장하여 말한다)

부로 삼장국사가 서천에 간 지도 열일곱 해가 되었는데 솔가지가 오늘 동쪽으로 향했습니다. 관가에 알려 모두 성 밖에 나가 국사를 맞이해야겠습니다.

(퇴장한다)
(부로들이 관원들을 이끌고 등장한다)

모두 기이하다, 기이해! 오늘 솔가지가 동쪽으로 향했으니 국사가 반드시 돌아올 것이다. 저 앞에 상운祥雲이 자욱하고 서기瑞氣가 가득하니, 국사의 법가法駕가 다가오는 것인 듯합니다. 울지尉遲

3) 費長房은 후한 사람이다. 일찍이 시장의 아전으로 지내다가 약 파는 노인이 도사임을 알고 그를 따라 입산하여 도술을 배웠으나 이루지 못하고 돌아왔는데, 작별할 때 도사가 그에게 대 지팡이와 부적을 주어 지팡이를 타고 날아서 속세로 돌아와 도술을 부리고 百鬼를 부렸으나 끝내 부적을 잃어버리고 귀신들에게 죽임을 당했다고 한다. 『後漢書』「費長房傳」에 나온다. 그는 속세로 돌아왔을 때 귀신들이 소란을 피우면 일일이 懲治했고, 그가 받아온 지팡이는 용으로 변했다고 한다.

총관이 오시면 함께 가서 참배합시다.

(당승과 성기가 등장한다)(부로와 관원들과 만난다)
(성기가 노래한다)

성기 【졸로속拙魯速】
보십시오, 저 관원들은,
모두 공복公服을 입고 있습니다.
백성들은,
명향名香을 사르고 있습니다.
길가에 늘어서 있고,
길에 엎드려 있습니다.
도사, 속인, 비구, 비구니가
붐비기 짝이 없고,
깃발들이 휘날리고,
상서로운 기운과 빛이 비추고,
모두 천화天花와 감로수로 맞이합니다.

(울지 총관이 등장하여 말한다)

총관 스님께서 오늘 돌아오시니 소관 울지경덕이 직접 맞이합니다.

(성기가 노래한다)

성기 【요幺】
강철 복두幞頭가 햇빛에 반짝이고,
수마편水磨鞭[4]이 눈 서리에 빛나네.
말은 건장하고 사람은 강성하고,

4) 쇠몽둥이 모양의 무기이다.

뜻과 절도가 드높구나.
호법護法 금강金剛과,
흑살黑煞 천왕天王이,
전장戰場에서,
땅을 넓히고,
나라를 보호하니,
마치 조공명趙公明[5]이 하계로 내려온 듯하네!

총관 오늘 총관부에서 하룻밤을 묵고 내일 아침에 천자를 뵈러 가십시오.

(성기가 노래한다)

성기 【미尾】
내일 경양종景陽鐘이 그치고 계인鷄人이 외치면,[6]
모두 함께 제왕을 알현하리라.
계단戒壇을 만민에게 열어주고,
경문經文을 신하들에게 강연하리라.

5) 趙朗이라는 道教 神이다. 제22척 참고.

6) 景陽鐘은 남조 齊나라 武帝가 景陽樓에 매달았던 종으로, 궁궐이 깊어 궁의 정문에서 시각을 알리는 북소리가 잘 들리지 않자 이 종을 쳤는데 궁인들이 이 종소리를 듣고 일어나 아침 화장을 했다고 한다. 鷄人은 궁중에서 시각을 알리는 사람이다.

제24척 삼장이 다시 부처님을 참배하다

(부처가 높이 받쳐져 있고 금강역사 네 명이 등장한다. 부처가 말한다)

부처 노승은 현겁賢劫의 네 번째 존불尊佛인 석가모니로다.[1] 오늘 당승이 동토에서 법단을 열고 가르침을 펼쳤으니 이제 마땅히 서쪽으로 와서 정과조원正果朝元해야 하여 비선飛仙으로 하여금 영산회靈山會에 이끌고 오게 하였노라.

(깃발을 든 자, 악기를 연주하는 자, 비선이 당승을 이끌고 등장한다)

비선 당승이 오늘 공을 이루고 수행이 가득 차서 정과조원하게 되었으니, 불조佛祖께서 나로 하여금 그를 이끌고 영산회에 가게 하셨으니 함께 가보아야겠네. (노래한다)

【쌍조雙調 · 신수령新水令】

범왕梵王의 궁궐은 봉래 영주보다 훌륭하니,
시끌벅적하게 종 치고 석경 두드리네.
세존께 조배하고자 준비하며,
당승을 맞이하려고 준비하네.

1) 賢劫은 과거 莊嚴劫, 미래 星宿劫과 함께 삼겁의 하나로 현세의 大劫을 말한다. 이때 拘留孫佛, 拘那含佛, 迦葉佛, 釋迦牟尼佛의 네 부처가 나타나 중생을 구제한다고 한다.

십만여 리 길을,
와서 금경을 가져갔네.
한점 경건한 마음으로,
오늘 성性과 명命을 깨달았네.[2]

【주마청駐馬聽】

중승衆僧은 경건하고 정성되게,
법고法鼓와 금요金鐃를 치며 절을 나와 맞이하네.
제천들은 서로 공경하고,
동종銅鐘과 옥경玉磬이 산에 울려 퍼지네.
눈앞에는 약사藥師의 등불이 늘어서 있고,[3]
마음속에는 헌원軒轅의 거울이 매달려 있네.[4]
영광靈光을 켜서 밝힐 수만 있다면,
삽시간에 유리 우물에서 뛰쳐나갈 수 있으리라.[5]

【안아락雁兒落】

자줏빛 가사에는 금줄이 가볍고,
흰 석장에는 은빛이 맑다네.
네 천왕들은 보당寶幢을 들고 있고,
여덟 보살들은 금경金磬을 치고 있네.

---

2) 性과 命은 여기에서는 불교적 진리를 가리킨다.
3) 藥師는 南無藥師琉璃光佛을 가리킨다. 『藥師經』에서는 藥師佛이 열 두 가지 大願을 내어 중생들의 모든 소원을 이루어주고 중생들의 모든 고통을 없애준다고 하였다.
4) 軒轅은 黃帝를 말한다. 唐 王度의 「古鏡記」에는 헌원이 만든 거울을 지니면 온갖 재앙을 물리칠 수 있다고 했다.
5) 윤회를 끊고 해탈할 수 있다는 뜻이다. 유리 우물은 마음이 갇혀 있는 곳을 비유한다.

【남려南呂 · 금자경金字經】

뭇 비선들이 함께 손을 들어,
금자경金字經을 덮고 맞이하며,
이끄네, 머리 깎고 직철 입은 득도승을,
득도승을.
삼경에 도가 이루어지니 그 몸이 바르고,
마음은 가을 달처럼 밝다네.

【요幺】

쥐에게 늘 밥을 남겨놓고,
나방을 불쌍히 여겨 등을 켜지 않고,
중생을 구도救度하는 발원發願이 밝았다네,
일찍이.
마음을 기울여 대승大乘을 밝히니,
여래의 명으로,
본원本元으로 돌아가니 공행功行이 이루어지네.

(당승이 부처를 뵙는다)

당승　불조께 아뢰오니, 당승이 머리를 조아립니다.

부처　당승아, 나의 말을 듣거라. 몇 년 만에 서천에 이르러 오늘 공행이 이루어져 비로소 정과조원하게 되었다.

대장금경을 이미 잘 얻어서,
당승이 승려들에게 전했도다.
이제 동토에는 절들이 많아졌으니,
우리 황제의 만만세를 바라노라.

부처 【쌍조雙調·고미주沽美酒】

황제의 나라가 영원히 단단하고 안녕되기를 축원하니,
여래에 절하면서 황제의 장생을 기원하라.
보우하리라, 만리강산이 늘 태평하고,
온 천하의 밭이 배로 늘어나고,
백성들은 생업에 즐거워하고 전쟁이 그치기를.

【태평령太平令】

사해 안의 삼군三軍이 조용히 있고,
팔황八荒 안의 오곡이 풍성하며,
서천 밖의 제신諸神들이 현성顯聖하고,
억조 백성들이 한 사람에 의지하여 기쁨이 있으리라.
노승이 불경을 얻어,
충심과 정성을 다했기 때문이니,
아,
이 이야기를 세상에 전하여 증거로 삼도록 하라.

정명

서천의 노파가 마음에 대해 묻고,
손행자가 선禪에 대해 잘못 대답하다.
영취산에 널리 모여들고,
당삼장이 세존을 알현하다.

- 끝 -

| 지은이 소개 |

양경현

원나라 말엽에서 명나라 초기에 걸쳐 살았던 극작가이다. 몽골계 혈통이지만 항저우와 난징을 비롯한 남방에서 성장하고 활동하면서 많은 중국어 희곡 작품을 썼다. 여러 극작가들과 가깝게 지내면서 명나라 황족의 총애를 받았고, 희곡 작품을 20편이나 남겼으나 지금은 『서유기』와 『유행수』 두 편만 전해진다. 본 역서의 원작에는 작가를 원나라 초 사람인 오창령으로 표기하고 있으나 많은 학자들은 이를 부정하고 양경현을 작가로 보고 있다.

| 옮긴이 소개 |

이정재

서울대학교 중어중문학과를 졸업하고 동 대학원에서 중국 구비연행에 대한 연구로 박사 학위를 받았다. UC Berkeley 중국연구센터 방문학자를 지냈고, 현재 서강대학교 중국문화학과 교수로 재직하고 있다. 저서로는 『근세 중국 공연문화의 현장을 찾아서』, 『중국 구비연행의 전통과 변화』, 『중국공연예술』(공저) 등이 있고, 역서로는 『중국 고대 극장의 역사』(공역), 『근대 중국의 언어와 역사』, 『도화선』, 『모란정』(공역), 『만유수록 역주 1』(공역) 등이 있으며, 다수의 논문이 있다.

희곡 서유기

초판 인쇄 2023년 5월 20일
초판 발행 2023년 5월 31일

지 은 이 | 양경현
옮 긴 이 | 이정재
펴 낸 이 | 하운근
펴 낸 곳 | 學古房

주 소 | 경기도 고양시 덕양구 통일로 140 삼송테크노밸리 A동 B224
전 화 | (02)353-9908 편집부(02)356-9903
팩 스 | (02)6959-8234
홈페이지 | www.hakgobang.co.kr
전자우편 | hakgobang@naver.com, hakgobang@chol.com
등록번호 | 제311-1994-000001호

ISBN 979-11-6995-363-4 93820

값: 20,000원